Als der Prinz aus dem Märchen fiel

Cleo Lavalle

Ich bin eine Autorin „zum Anfassen“ und freue mich, wenn Sie Kontakt mit mir aufnehmen.
Per Mail: cleo_lavalle@yahoo.com
Bei Facebook unter Cleo Lavalle
www.cleo-lavalle.xtme.de

Impressum:
Helga Baureis
Bahnhofstr. 5/1
68766 Hockenheim

Cover
Antoneta Wotringer Grafikdesign
http://antoneta-design.com/
unter Verwendung von 123RF, Bild: 10900917
Sabri Deniz Kizil

Liebe Leserin, lieber Leser, in dem Buch gibt es – neben der romantischen Liebesgeschichte zwischen Nelli und ihrem Prinzen – mehrere Ausschnitte aus einem Märchen, die Wichtiges über die Hintergründe der Geschichte und das Leben des Prinzen verraten. Wer dieses Märchen an einem Stück lesen will, schickt mir bitte einfach eine Mail: **cleo_lavalle@yahoo.com**.

Nellis Buchladen

Die kleine Glocke über der Tür bimmelte heftig, als ein Mann in dunklem Anzug, mit korrekt gebundener Krawatte und glänzend polierten Schuhen meinen Laden betrat. Er brachte einen Schwall eiskalter Luft mit herein und das lag nicht am Wetter. Breitbeinig blieb er mitten im Raum stehen, sah sich mit eisiger Miene um und füllte mit seiner Anwesenheit jeden Quadratzentimeter aus bis in die hinterste Ecke.

Als wäre er der Besitzer und nicht ich.

Mir wurde bei diesem Gedanken augenblicklich übel.

Der Mann kam ein paar Schritte auf mich zu. Sein harter Blick ließ eine Gänsehaut über meinen Rücken kriechen.

Schnell hielt ich den kleinen Teddybären, den ich gerade zurück auf seinen Platz in der Sofaecke setzen wollte, vor meine Brust, als könnte er mich vor dem, was unweigerlich auf mich zukommen würde, beschützen.

„Nelli Fleming?", fragte der Mann, ohne sich die Mühe zu machen, mich zu begrüßen.

„Ja."

Ich schluckte schwer.

„Und Sie sind ...?"

„Sie wissen, wer ich bin", antwortete er barsch.

Tatsächlich wusste ich das, obwohl ich ihn noch nie gesehen hatte. Allerdings hätte ich niemals damit gerechnet, dass jemand wie er sich die Mühe machen würde, meinen kleinen Laden aufzusuchen.

„Frau Fleming!", sagte er in drohendem Tonfall. „Wo ist der unterschriebene Vertrag?"

Sollte ich mich dumm stellen und behaupten, ich hätte keinen Vertrag erhalten? Oder sollte ich ihm sagen, dass ich ihn in tausend Fetzen zerrissen und in den Müll geworfen hatte?

„Wir wollen den Buchladen. Wir wollen das Haus. Und wir werden beides bekommen."

Den Buchladen hatte er gesagt. *Den*. Als würde er schon nicht mehr mir gehören und als wäre er nur ein Ding ohne Seele, das so mir nichts, dir nichts den Besitzer wechseln konnte.

„Ich empfehle Ihnen, unser Angebot anzunehmen", sagte er.

Ich trat einen Schritt zurück und versuchte, meiner Stimme Festigkeit zu verleihen, als ich antwortete.

„Ich werde Ihnen *meinen* Buchladen nicht geben."

Er durchbohrte mich mit seinen stahlblauen Augen.

„Sie sollten wissen, dass es keinen Sinn macht, gegen uns anzukämpfen."

Er machte eine kurze Pause, bevor er weitersprach.

„Es liegt an Ihnen, ob Sie am Ende mit einer hübschen Geldsumme oder ganz ohne etwas dastehen wollen."

Ich ballte meine Hände zu Fäusten. Obwohl seine Worte sich wie eine Schlinge um meine Kehle gelegt hatten, schaffte ich es, ihm überraschend ruhig zu antworten.

„Würden Sie bitte *meinen* Laden verlassen?"

Doch er blieb wie festgewachsen vor mir stehen und sah mich weiterhin kalt an.

„Stellen Sie sich nicht quer, Frau Fleming. Wenn Sie Ihre Schulden nicht bis zum Monatsende bezahlen, können Sie den ganzen Plunder hier sowieso rausschaffen."

Plunder?

Eine Welle von Wut schoss in mir hoch.

„Gehen Sie", stieß ich zwischen den Zähnen hervor und hoffte, es würde sich wenigstens halb so bedrohlich anhören wie das, was *er* gesagt hatte. „Ich werde die Rechnungen begleichen. Darauf können Sie sich verlassen."

Doch er machte einen weiteren Schritt auf mich zu. Es fehlte nicht viel und unsere Nasenspitzen hätten sich berührt.

„Nicht, bevor ich Ihre Zusage habe."

„Die werden Sie niemals bekommen!"

Ich wollte meinen Laden nicht verkaufen, ich wollte meine Wohnung nicht verlieren. Das hatte ich denen von Books & more schon mehrfach gesagt und daran würde sich auch nichts ändern. Ich musste nur das Geld auftreiben, um die Rechnungen, die durch Firmenfusionen jetzt bei Books & more gelandet waren, zu bezahlen.

Am liebsten wäre ich zum Ausgang geeilt und hätte die Tür aufgerissen, damit dieser Mensch, der mein Nein nicht akzeptieren wollte, endlich auf Nimmerwiedersehen verschwand.

Doch er stand da wie ein Felsblock, massiv, stark, unüberwindlich, und versperrte mir den Weg.

„Ich ... ich rufe die Polizei“, stammelte ich.

Hastig machte ich die zwei Schritte zur Theke, griff nach dem Telefon und wählte.

Mit einem freundlichen Lächeln trat er auf mich zu, nahm mir das Telefon aus der Hand und legte auf.

Das kam so überraschend, dass ich mich nicht einmal wehrte und ihn mit aufgerissenen Augen anstarrte, als er sich wieder vor mir aufbaute und mich musterte.

Ich bereute, nach dem Mittagessen keinen Lippenstift aufgetragen und meine Haare zu einem Pferdeschwanz gebunden zu haben. In dieser Aufmachung wirkte ich auf ihn sicher wie eine Schulschwänzerin, die sich hier als Aushilfe ein wenig Taschengeld verdiente.

„Wir kennen Mittel und Wege, Ihnen alles zu nehmen“, drohte er. „Ich wiederhole es zum letzten Mal: Wir wollen den Laden, wir wollen das Haus.

Geht das nicht in Ihren Schädel?"

„Bitte. Gehen. Sie."

Ich hatte das Gefühl, diese drei Worte zu schreien. Aber sie kamen wie ein Flüstern aus meinem Mund.

Der Mann grinste wie der Teufel höchstpersönlich.

„Gut", antwortete er. „Ich werde gehen. Doch in einer Woche bin ich wieder hier. Und dann will ich Ihre Unterschrift. Verstanden?"

Er ging zur Tür und hatte schon die Klinke in der Hand, als er sich noch einmal umdrehte.

„Mäuschen wie Sie verschlinge ich mit einem Happs."

Ich blickte auf das dunkelrote Sofa mit dem geschwungenen Rückenteil, das schon immer in dem kleinen Laden stand. Es nahm viel Platz ein, den man besser für Bücher nutzen sollte, aber ich brachte es nicht fertig, es zu entfernen. Denn es gab der Buchhandlung etwas sehr Gemütliches. Meine Kundinnen liebten es, hier mit einer Tasse Schokolade oder Tee zu sitzen und in meinen Büchern zu schmökern.

„Du hast den schönsten Laden auf der ganzen Welt, Nelli", sagten sie oft.

Auf dieses Sofa ließ ich mich sinken und schaute

durch die Sprossenfenster nach draußen. Die Schneeflöckchen tanzten schon den ganzen Tag vom Himmel und überzogen das Kopfsteinpflaster der schmalen Straße mit einer zarten weißen Schicht, die von den wenigen Autos, die hier vorbeifuhren, wieder verwischt wurde.

Mein Herz hämmerte mir noch immer bis zum Hals. Dieser schreckliche Mensch hatte mir mit seinem Besuch einen riesigen Schrecken eingejagt. Bisher war es nur nötig gewesen, die Kaufangebote von Books & more zusammenzuknüllen und in den Papierkorb zu werfen.

Das hier war *mein* Laden und den würde ich mir von niemandem wegnehmen lassen. Das hatte ich meiner Großtante Klara hoch und heilig versprochen, als sie ihn mir vor einem halben Jahr, kurz bevor sie überraschend gestorben war, überschrieben hatte.

Wegen der Rechnungen hatte ich mir bisher keine Gedanken gemacht. Seit Bestehen des Ladens gab es schon immer Zahlungsverzug. Die zuständige Mitarbeiterin beim Großhändler war eine alte Freundin meiner Großtante gewesen. Leider war sie sogleich nach der Übernahme in Rente geschickt worden.

Dadurch hatten sich die Umstände geändert und sämtliche Rechnungen waren sofort fällig.

Mein Magen zog sich zusammen, als ich daran dachte, dass der Mann das, was mein Leben ausmachte, Plunder genannt hatte.

Wie willst du dich gegen diesen Riesen wehren?

Books & more hatte auch in anderen Städten kleine Buchhandlungen aufgekauft, hatte Mauern oder gleich ganze Häuser eingerissen, um sie in Läden mit viel Neonlicht zu verwandeln, in denen es am Ende mehr Geschenkartikel gab als Bücher. Dort fand man nur die aktuellen Bestseller. Keine der unbekannten, fabelhaften Autorinnen bekam die Chance, dass ihr Werk auch einmal gesehen und gekauft wurde.

Wie willst du dich gegen diesen Riesen wehren?

Die Frage hämmerte in meinem Kopf, seit der eiskalte Typ meinen Laden verlassen hatte. Doch ich hatte keine Antwort darauf.

Ich wusste, dass die Bücherkette hier in der Straße etwas plante, wofür diese gar nicht gemacht war. In unserem Viertel hatte es schon immer kleine Läden gegeben mit Geschenkartikeln, Feinkost, alten Möbeln und antikem Schmuck, in denen man stundenlang stöbern konnte. Große Geschäfte wurden hier nicht gemacht, aber dafür konnte man große Gefühle erleben, wenn man auf versteckte Schätze stieß, bei deren Anblick einem das Herz höherschlug.

Leider waren manche Ladenbesitzer zu alt, um dem Druck, den Books & more auf sie ausübte, standzuhalten. Ich wusste, dass meine Nachbarn links und rechts kurz davorstanden, aufzugeben und so waren die Häuser schon so gut wie an den Riesen verkauft.

Bis heute hatte ich meine Augen und Ohren davor verschlossen und wollte die Situation aussitzen, denn ich hatte die Hoffnung gehabt, dass ein Wunder passieren und sich alles von alleine regeln würde. Diese Hoffnung war vor ein paar Minuten in sich zusammengefallen.

Dafür kroch Angst in mir hoch und raubte mir den Atem. Hier war mein Zuhause! Es war der einzige Ort auf der ganzen weiten Welt, an dem ich mich nicht verloren fühlte. In der Wohnung darüber lebte ich, seit ich auf der Welt war. Ich hatte auf den Holzdielen krabbeln und laufen gelernt, hatte Murmeln über den langen Flur geklickert und mit meiner Freundin Ines in den Räumen fangen oder verstecken gespielt. Auch meinen ersten Kuss hatte ich dort bekommen.

Ich schaute auf die Uhr. Es war Zeit, zu schließen. Mit hängendem Kopf schlich ich zur alten Kasse und drückte auf den großen Knopf, der laut ächzend die Lade mit dem Geld öffnete. Ich holte die wenigen Scheine heraus.

Mein Herz wurde schwer.

Wieder fast nichts eingenommen!

Meine Kundinnen liebten meinen Laden genauso sehr, wie ich es tat. Aber leider fehlte den meisten das Geld, um sich mehr als ein Buch im Monat zu kaufen. So waren meine finanziellen Mittel lächerlich gering und wenn ich auch keine Miete zahlen musste, so gab es doch einen Bankkredit und das, was übrig blieb, reichte gerade mal für das Nötigste, obwohl ich keine großen Ansprüche hatte. Denn die Buchhandlung war mein einziger Lebensinhalt.

Ich musste nicht reisen, musste nicht ausgehen oder ähnliche Dinge tun. Genauso wenig brauchte ich einen überfüllten Schrank mit Kleidern und Schuhen. Ich war am glücklichsten, wenn ich mit einem Buch auf meinem Sofa sitzen oder mit einem dicken Kissen an der Rückwand meines Bettes lehnen und schmökern konnte. Meine Welt spielte sich zwischen den Seiten eines Buches ab und selbst wenn ich es schon fünfmal gelesen hatte, konnte ich jedes Mal etwas Neues darin entdecken.

Ich nahm das Geld, steckte es in meine Hosentasche und löschte das Licht bis auf die Lampen im Schaufenster. Dann zog ich mich an, ging in den kleinen Abstellraum, holte die Schaufel und öffnete die Tür.

Der Schnee fiel weiter vom Himmel und färbte die Fußspuren auf dem Gehweg weiß. Wie schade, dass ich die Schippe ansetzen und die ganze Pracht zur Seite schieben musste.

Der alte Gemüsehändler von gegenüber winkte mir zu, bevor er das Gitter vor seinem Laden herunterließ. Er war von dem Riesen verschont geblieben, weil er das Glück hatte, Haus und Geschäft auf der richtigen Seite zu haben.

Ich seufzte. Es klang erbärmlich.

Dann machte ich mich an die Arbeit. Es war zu

kalt, um herumzutrödeln. Kurz darauf war alles sauber. Ich öffnete die Ladentür, klopfte den Schnee von meinen Stiefeln, schloss die Tür ab und machte mich auf den Weg nach oben.

Die verlorene Prinzessin

Eines Tages trug es sich zu, dass dem König eines großen Landes ein wunderschönes Kindlein geboren wurde. Seine Haut war zart und rosig. Seine Äuglein grün wie zwei Smaragde. Die Haare braun wie eine Haselnuss. Die Vöglein jubelten und tirilierten, als sie des Mädchens ansichtig wurden.

Doch kurz darauf verstummten sie. Denn mit dem ersten herzhaften Schrei des Kindes hauchte die Mutter ihr Leben aus.

Erschrocken schlug ich das Buch zu und legte es zur Seite. Auch *meine* Mutter war direkt nach der Geburt verstorben ... und mein Vater kurz danach. Ich schluckte schwer und sah zu dem Buch hin. Sollte ich weiterlesen?

Märchen waren meine große Leidenschaft, seit meine Großtante Klara mir das erste vorgelesen hatte. Ich war damals noch sehr klein gewesen, aber ich konnte mich gut daran erinnern, dass es „Hänsel und Gretel" war, das für wohlige Schauder gesorgt hatte. Wie grausam es war, dass Eltern ihre Kinder alleine im Wald zurückließen, nahm ich gar nicht wahr. Denn ich lag eingekuschelt in eine weiche Decke, hatte den Kopf auf den Schoß meiner Tante gebettet und wusste, dass mir nichts passieren konnte, solange sie bei mir saß, mit ihrer sanften Stimme vorlas, und beim Umblättern hin und wieder ihre Hand ausstreckte, um mir über den Kopf zu streichen.

Die Erinnerung daran sorgte selbst heute noch dafür, dass ein wunderbares Gefühl von Geborgenheit in mir hochstieg, wenn es auch jedes Mal mit der Bitterkeit vermischt war, eine Waise zu sein.

Ich seufzte schwer. Wären meine Eltern oder Großtante Klara doch nur hier ... Dann wäre alles nur halb so schlimm.

Ich hob meinen Blick und ließ ihn nach draußen schweifen. Noch immer tanzten Schneeflocken durch den vom Mondlicht gelb gefärbten Himmel.

Dann sah ich auf das Tischchen neben meinem Himmelbett. Dort standen der Teller mit dem Butterbrot, das ich mir geschmiert, und die Tasse mit dem Kakao, den ich mir heiß gemacht hatte. Beides war noch unberührt.

Ich nahm die Tasse und trank einen großen Schluck. Dann biss ich ein Stück von dem Brot ab. Während ich kaute, sah ich wieder auf das Buch. Es war ziemlich alt und ich hatte es erst heute, festgeklemmt zwischen zwei Brettern, ganz hinten in dem großen Regal mit den vielen Märchenbüchern gefunden.

Als hätte es dort jemand versteckt, damit ich es nicht finde.

Eine Gänsehaut lief mir über den Rücken bei diesem Gedanken. Sollte ich es morgen wieder in das Regal stellen und so tun, als hätte ich es nie gesehen?

Du musst gegen deine Geister ankämpfen, Nelli, murmelte ich vor mich hin.

Ich biss wieder in das Brot, kaute und sah den Schneeflocken dabei zu, wie sie durch die Luft tanzten.

Obwohl ich niemals erfahren hatte, wie es war, wenn einen die Mutter morgens aufweckte und mit einem gedeckten Frühstückstisch auf einen wartete oder wenn der Vater einen huckepack nahm und einem beibrachte, wie man Fahrrad fuhr ... meine Großtante hatte mir ihre ganze Liebe und ein wunderbares Zuhause gegeben. Dafür würde ich ihr bis in alle Ewigkeit dankbar sein.

Ich stellte Teller und Tasse auf dem Tischchen ab und zündete ein paar Kerzen an, weil ich mich plötzlich nach etwas sehnte, das ich gar nicht so richtig benennen konnte.

Dann nahm ich das Buch in die Hand und betrachtete es. Auf dem Einband war auf hellblauem Hintergrund der Scherenschnitt eines Paares zu sehen, das sich küsste. Das Bild war schon ein wenig vergilbt. Dennoch strahlte es große Innigkeit aus.

Dir kann nichts passieren. Es ist nur ein Märchen in einem alten Buch.

Beherzt nahm ich es in meine Hände, schlug es auf und las weiter.

Weil es aber so war, dass das Kindlein seiner Mutter wie aus dem Gesicht geschnitten war, befahl der König, es vor ihm zu verbergen. Denn der Schmerz über den Verlust seiner geliebten Frau brach ihm fast das Herz.

Dennoch geschah es, dass er nur kurz danach eine neue Frau, von der man sagte, sie sei herrschsüchtig, als seine Gemahlin in sein Schloss führte.

Es dauerte nicht lange und die neue Frau, die jetzt Königin war, sagte eines Abends zu ihrem Manne: „Ich bin in freudiger Erwartung. In ein paar Monden werden wir ein Prinzlein oder ein Prinzesschen haben."

Dem König aber wurde es angst und bange, dachte er doch sofort daran, was seiner ersten Frau widerfahren war.

Die Frau, die von dem Kummer ihres Mannes ahnte, ging tief, ganz tief in den Wald hinein zu einer weisen Frau, die dort in einer armseligen Hütte hauste.

„Weise Frau sage mir: Werde ich Schaden

nehmen, wenn ich mein Kindlein gebäre?", fragte sie das alte Hutzelweib, das ihr mit einem schwarzen Kater auf dem Buckel entgegentrat.

Die weise Frau bekam glasige Augen und starrte in die Ferne. Plötzlich zog ein Grinsen über ihr faltiges Gesicht.

„Du wirst eine Tochter gebären und niemand wird Schaden nehmen."

„Wird meine Tochter einst auch Königin sein?"

Da blickte die Alte wieder in die Ferne und sprach: „Die älteste Königstochter wird von einem wahren Prinzen zum Altar geführt."

Ich blickte erschrocken auf. Denn plötzlich flackerten die Kerzen, als hätte jemand eine Tür geöffnet und den Wind hereingelassen.

Einen Moment später war wieder alles wie zuvor.

Ich bin wohl übermüdet, dachte ich und rieb mir über die Augen.

Dennoch las ich weiter.

In einem anderen Reich, zur selben Zeit, lebte ein kleiner Prinz. Er war trotz seines jungen Alters schon klug und führte mutig den Degen. Eines Tages, als er im Hof des riesigen Schlosses spielte, näherte sich ihm eine alte Frau.

„Kommt her zu mir, Prinz! Ich habe Euch eine Vorhersage zu machen."

„Sprecht, Frau", sagte das Prinzchen mit seiner

piepsigen Stimme.

„Hört mir gut zu: Sobald Ihr dreiundzwanzig Winter erlebt habt, werdet Ihr Euch auf den Weg machen, eine wunderschöne Prinzessin vor einem Riesen zu retten und sie als Eure Gemahlin ins Schloss zu führen“, sprach die Frau.

„Wo finde ich das edle Fräulein?“, wollte der Prinz wissen.

„Das muss Eure Sorge nicht sein. Zu gegebener Zeit wird sich alles fügen. Aber passt auf, was ich Euch noch mitzuteilen habe.“

Die Frau zog den Prinzen mit sich in eine stille Ecke und bläute ihm allerlei Reden ein.

Nachdem sie damit fertig war, verschwand sie genauso plötzlich, wie sie gekommen war und das Prinzchen ging wieder seinem Spiel nach.

Ich schreckte auf, weil wieder ein Wind durch mein Schlafzimmer ging. Und dieses Mal erloschen die Kerzen und nur noch die kleine Lampe auf dem Nachttisch spendete Licht.

Mir standen sofort sämtliche Haare zu Berge.

Im selben Moment rutschte das Märchenbuch von meinem Schoß und fiel krachend auf den Boden. Während ich ihm erstaunt hinterhersah, weil ich mich wunderte, wie solch ein kleines Buch so viel Krach machen konnte, wurden seine Seiten durcheinandergewirbelt.

Einen Wimpernschlag später stand ein

großgewachsener Mann vor mir, schüttelte den Staub aus seiner Kleidung und verbeugte sich.

Der schönste Prinz von allen

„Wenn du Märchenaugen hast, ist die Welt voller Wunder.“

Viktor Blüthgen

Mit weit aufgerissenen Augen saß ich auf meinem Bett und obwohl ich hellwach war, glaubte ich, zu träumen. Vor mir stand ein Mann, wie aus dem Märchen entsprungen, das ich gerade las.

Er war wunderschön anzusehen in seiner dunklen Hose, die ihm bis über die Knie reichte, einer dazu passenden, reich bestickten Jacke mit weiten Ärmeln, einem kurzen Umhang und einem auffälligen Spitzenjabot, das sich wellenförmig über seinen halben Oberkörper ergoss und ihm fast das Aussehen eines Piraten gab. Obwohl er sehr groß war, trug er Schuhe mit einem kleinen Absatz.

Der Fremde hatte das Gesicht eines Engels und gleichzeitig war es männlich markant. Seine Augen funkelten in einem warmen Braunton. Die dunklen Haare hatte er unter seinem Hut mit Feder, den er zur Verbeugung abgenommen und sogleich wieder aufgesetzt hatte, versteckt. Er schenkte mir das umwerfendste Lächeln, das ich jemals bei einem Mann gesehen hatte.

Noch nie zuvor in meinem ganzen Leben hatte ich einen schöneren Mann gesehen als ihn.

„Wer ... wer sind Sie? Was ist ... wo ... wo kommen Sie her?“, stammelte ich fassungslos.

„Darf ich mich vorstellen, edles Fräulein?“, fragte er förmlich. „Prinz Rufus Eugenius Friedrich Caspar von und zu Reichenfels. Bitte habt keine Angst vor mir.“

Er beugte ein Knie, streckte seine Hand aus und als wäre es das Natürlichste auf der Welt, reichte ich ihm meine Hand zu einem in die Luft gehauchten Kuss.

„Mir wurde zugetragen, dass Ihr Euch in Gefahr befindet, edles Fräulein.“

Ich saß mit offenem Mund da und starrte ihn an. Von dem, was er gesagt hatte, war in meinem Kopf nichts hängen geblieben.

„Ja, aber wie ... aber was ... aber wieso ...“, stotterte ich.

„Ist es genehm, wenn ich ...“, er sah sich suchend in meinem Schlafzimmer um, bis sein Blick auf den gemütlichen Ohrensessel fiel. „Ist es genehm, wenn ich hier Platz nehme, edles Fräulein?“

Nach wie vor starrte ich ihn an und zwickte mich unauffällig in den Oberarm, obwohl ich aus diesem wunderbaren Traum gar nicht aufwachen wollte. Ein Prinz! Ein richtiger Prinz! Hier in meiner Wohnung.

In meinem Schlafzimmer!

Schnell zog ich die Bettdecke hoch über meine

Brust.

„Bitte entschuldigt! Wo bleiben meine Manieren? Ich werde mich natürlich in den Salon zurückziehen, bis Ihr Euch ein wenig hergerichtet habt."

Der Prinz machte eine Verbeugung, lächelte mich an und wirkte dabei so bezaubernd, dass es mir den Atem verschlug.

Dann verließ er den Raum.

So weit ist es mit dir gekommen. Nun siehst du plötzlich Gespenster!

Ich schüttelte den Kopf, als müsste ich den Inhalt meines Gehirns neu sortieren.

Das Haus, in dem unsere Familie schon seit Generationen lebte, war sehr alt. Bisher hatte allerdings noch niemand etwas von einer nächtlichen Erscheinung erzählt.

Ich sprang aus dem Bett, schlich zur Tür und lugte um die Ecke. Der Fremde war noch da. Er stand am Fenster, hatte die Hände auf dem Rücken gefaltet und blickte nach draußen. Seine Körperhaltung war sehr erhaben.

Er ist ja auch ein Prinz!

Und du bist ganz offensichtlich verrückt, liebe Nelli.

Ich überlegte, ob ich mich wieder ins Bett legen, fest die Augen zudrücken und darauf warten sollte, dass sich der Spuk von alleine auflöste.

Dann erinnerte ich mich daran, was heute Nachmittag in meiner Buchhandlung passiert war und dass sich die Methode „Kopf in den Sand stecken“ als wenig erfolgreich erwiesen hatte.

Ich spitzelte noch einmal in einer Mischung aus Hoffnung und Befürchtung um die Ecke und als ich den schönen Mann am selben Platz stehen sah, klopfte mein Herz einen weiteren Takt schneller.

Da ist ein Märchenprinz in meiner Wohnung!

Rasch ging ich zum Kleiderschrank und schob die Bügel zur Seite. Nun bereute ich, dass ich so wenig Wert auf mein Aussehen legte. Da war nichts, das auch nur annähernd so elegant gewesen wäre wie das, was er trug.

Also nahm ich eine Jeans und einen kuscheligen Pullover in demselben Grün wie meine Augen, schlüpfte hinein und zog ein paar Schuhe an, wenn es auch nur Sportschuhe waren.

Ich ging in den Salon, der in Wirklichkeit ein kleines Wohnzimmer war, in dem alte Möbel aus früheren Jahrhunderten standen.

Ich räusperte mich.

Das gehörte sich bestimmt nicht für ein edles Fräulein. Aber mir fiel im Moment nichts Besseres ein, um mich bemerkbar zu machen.

Der Prinz drehte sich um. Verwundert betrachtete er mich. Dann huschte ein Lächeln über sein Gesicht.

„Mir wurde berichtet, dass man sich in Eurem Jahrhundert anders kleidet, als zu meiner Zeit. Auch von diesen Gefährten“, er zeigte mit der Hand hinunter auf die Straße, „habe ich gehört. Dennoch erscheint es mir seltsam, dass Menschen sich der Unwägbarkeit rollender Metallbüchsen anvertrauen."

Nach dieser kleinen Rede deutete er wieder eine Verbeugung an.

Und nun? Musste ich ihm einen Platz anbieten? Ein Getränk? Etwas zu essen? Etwa ein Butterbrot? Denn mehr hatte ich nicht im Haus.

„Ich konnte in Eurem Salon keine Uhr entdecken. Würdet Ihr die Freundlichkeit besitzen, mir mitzuteilen, wie spät es ist?", fragte er.

Ich kannte die gedrechselte Ausdrucksweise der Menschen früherer Jahrhunderte aus meinen Büchern. Das live zu erleben, war ein besonderes Erlebnis, wenn ich mich auch nach wie vor fragte, was da gerade passierte.

War er ein Einbrecher, der sich unbemerkt in meine Wohnung geschlichen hatte und aufgetaucht war, nachdem mir das Buch vom Schoß gerutscht war?

Vielleicht hielt er mich für eine verschrobene Buchhändlerin, der man jedes Märchen auftischen konnte, weil sie fernab der Realität lebte.

Womöglich würde er schon im nächsten Moment ein chloroformiertes Tuch aus der Tasche ziehen und es mir an die Nase drücken, bis ich ohnmächtig geworden wäre, um mich auszurauben.

Bei dir gibt es doch nichts zu holen.

Zum ersten Mal in meinem Leben beruhigte mich

dieser Gedanke.

Ich sah auf meine Armbanduhr mit dem verschnörkelten Ziffernblatt.

„Gleich viertel vor zehn."

Der Prinz zuckte zusammen, trat einen Schritt auf mich zu und sah mich eindringlich an.

„Hört bitte genau zu, Fräulein. Ich wurde hierhergeschickt mit einem Auftrag, der auf einem Rätsel basiert, das ich noch zu lösen habe. Mir ist bekannt, dass ich bei Euch erscheinen kann, sobald Ihr das Märchen lest, das in dem Buch dort drüben, das auf Eurem Boden liegt, geschrieben steht. So, wie Ihr es heute Abend getan habt."

„Ja, aber wie ...", begann ich.

Doch er sprach weiter.

„Verzeihung, edles Fräulein, wenn ich Euch unterbreche. Mir ist nicht bekannt, wann ich zurück in das Buch gezogen werde. Deshalb will ich Euch mein Anliegen hurtig vortragen. Ich werde zu einer bestimmten Uhrzeit bei Euch erscheinen und zu einem ebenfalls festgelegten Zeitpunkt wieder von dannen ziehen müssen. Die Spanne dazwischen müssen wir nutzen, um das Rätsel zu lösen."

Er wandte den Blick ab und atmete tief durch.

„Ihr müsst wissen, dass ich es gewohnt bin, gegen Drachen und Riesen zu kämpfen oder im Salon zu brillieren, um die Damen zu unterhalten. Die Begegnung mit Euch allerdings ... sie ist etwas ... nun, sagen wir mal ... etwas ungewöhnlich. Darf ich

Euch um ein Glas guten Weines bitten, damit ich mich ein wenig stärken kann?“

Guten Weines?

Ich hatte sicher noch eine angebrochene Flasche Rotwein im Schrank. Aber ob der gut war?

„Einen Moment bitte“, sagte ich und ging in die Küche.

Dort suchte und fand ich die Flasche, zog den Korken heraus und roch hinein. Der Wein schien in Ordnung zu sein. Ich holte eins der hauchdünnen Gläser mit dem Rebenmuster aus dem Schrank und schenkte es zur Hälfte voll.

„Bitte schön“, sagte ich, als ich es ihm reichte.

Ich kramte in meinem Gedächtnis, ob ich ihn mit „Eure Hoheit“, „Durchlaucht“ oder einfach nur mit „Prinz“ ansprechen sollte. Doch für das Letzte musste ich sicher seinen Nachnamen anhängen und den hatte ich genauso vergessen wie seine vielen Vornamen.

Also übte ich mich in vornehmer Zurückhaltung.

„Wollen wir uns setzen?“, fragte ich stattdessen.

Ich zeigte auf das ausladende Sofa, das dem im Buchladen fast aufs Haar glich und das mit den vielen Kissen unerhört bequem war.

Der Prinz nickte, sagte: „Gerne“, blieb stehen und sah mich auffordernd an.

Warum setzt er sich nicht?

Weil du zuerst Platz nehmen sollst.

Aber wohin? Neben ihn auf das Sofa galt sicher

als unschicklich und ich selbst fand das auch unpassend. Mir war die ganze Situation unheimlich. Ein Prinz, der aus einem Märchen fiel ...

Oder ein Schwindler, der dir etwas antun will.

Ich atmete tief durch und ließ mich auf einem meiner kleinen Sessel nieder. Er nahm auf dem Sofa Platz, trank von dem Wein, verzog das Gesicht, riss sich sofort zusammen und sah mich wieder eindringlich an.

„Wäret Ihr noch einmal so freundlich, mir die Uhrzeit zu nennen, mein Fräulein?“, fragte er.

„Neun Minuten vor zehn.“

Er sah mich nachdenklich an.

„Bitte erzählt mir etwas über Euch, edles Fräulein, damit wir auf des Rätsels Lösung kommen können.“

Was sollte ich dem Prinzen aus einer Zeit, lang vor unserer erzählen? Mein Leben war eintönig. Jeder Tag verlief wie der andere. Es gab keine Höhepunkte, keine besonderen Erlebnisse. Abgesehen von den traurigen Ereignissen ...

„Beginnt dort, wo alles begann: Bei Eurer Geburt. Und lasst nichts aus, was von Bedeutung sein könnte.“

„Ich bin an einem zehnten Oktober zur Welt gekommen. Es war früher Abend, die Sonne war gerade am Untergehen und meine Mutter lag schon seit vielen, vielen Stunden in den Wehen."

Ich sah ihn fragend an. Holte ich zu weit aus?

Er nickte mir aufmunternd zu und verzog seinen schönen Mund zu einem Lächeln, sodass es mir vorkam, als hätte jemand die Sonne angeknipst.

„So hat es mir jedenfalls meine Großtante Klara immer wieder geschildert."

Ich schluckte heftig. Warum erzählte ich ihm das überhaupt? Das war doch unwesentlich.

„Meine Mutter starb sofort nach meiner Geburt."

Der Prinz zuckte zusammen. Und ich schluckte wieder.

„Mein Vater kurz danach. Zum Glück sorgte meine Großtante für mich. Sie hat mich aufgenommen, als sei ich ihr eigenes Kind. Weil sie damals schon längst den Buchladen hatte, wurde er zu meiner Heimat. Ich durfte stundenlang dasitzen und Märchen lesen. Es gibt wohl kaum eins, das ich nicht kenne."

Außer dem, das du heute Abend angefangen hast!

„Kanntet Ihr das Märchen aus dem Buch, das drüben in Eurem Schlafgemach liegt, schon?", fragte er, als hätte er meine Gedanken erraten.

Ich schüttelte den Kopf.

„Nein. Ich habe das Buch erst vor Kurzem gefunden."

Ich sah ihn fragend an. Hatte *er* irgendetwas

damit zu tun?

Wie sollte er?

„Wenn ich nicht las, pauste ich die Bilder aus den Büchern ab, bis meine Tante den Laden abends schloss.“

Der Prinz machte eine Bewegung mit der Hand, die mich auffordern sollte, weiterzusprechen. Ich sah auf die Uhr. Gleich würden die Glocken des Kirchturms zehnmal läuten und vielleicht wäre er danach verschwunden?

Genauso schnell, wie er gekommen war?

Bei diesem Gedanken war auch schon der erste Glockenschlag zu hören. Plötzlich hatte ich das unbegreifliche Gefühl, in ein schwarzes Loch zu fallen.

Ich griff neben mich, als würde ich dort etwas finden, an dem ich mich festhalten konnte.

„Können Sie ... könnten Sie mir etwas von sich hierlassen? Ein Pfand dafür, dass Sie wiederkommen?“, fragte ich hastig und sah ihn bittend an.

Er schüttelte den Kopf.

„Ich befürchte, das wird nicht möglich sein. Denn ich darf außer meinen Kleidern weder etwas mitbringen, noch etwas hierlassen oder etwas mitnehmen. Das war eine der Bedingungen, die mir von der alten Frau genannt wurden. Sprecht bitte weiter. Die Zeit drängt.“

„Ich ging nicht gerne in die Schule. Die anderen

Kinder hänselten mich oft, weil ich mich nicht für die Dinge interessierte, die sie mochten. Statt fernzusehen, las ich lieber ein Buch. Statt Rad zu fahren, streifte ich durch die Felder und dachte mir Geschichten aus. Statt mit Barbiepuppen zu spielen, bastelte ich mir meine eigenen. Ich war meist alleine und wurde auch nicht zu Geburtstagen eingeladen und ..."

Ich hielt inne. Was ich ihm gerade beschrieb, war das Leben eines unglücklichen und einsamen Mädchens, das keiner haben wollte.

Deshalb fügte ich trotzig hinzu: „Aber das war mir egal!"

Der Prinz sah mich traurig an.

„Das ist immer so, wenn man anders ist als die anderen. Man hat es schwerer im Leben."

Ob es ihm wohl ähnlich ergangen war wie mir?

„Ich schrieb dennoch gute Noten, denn es fiel mir leicht, zu lernen. Tante Klara war glücklich darüber."

Ich spürte, wie mir ganz warm im Bauch wurde, als ich an sie dachte.

„Ich kannte jedes Buch im Laden, blätterte sehr, sehr vorsichtig darin, um keinen Knick oder gar ein Eselsohr hineinzumachen. Denn dann schimpfte sie, weil sie es so nicht mehr verkaufen konnte."

Der Prinz unterbrach mich.

„Edles Fräulein, Ihr erzählt viele Dinge, die ich nicht verstehe. Dennoch höre ich, dass Ihr ein glückliches Leben habt."

Heftig schüttelte ich den Kopf.

„Ich *hatte* ein glückliches Leben. Jetzt jedoch ..."

Ich schwieg. Jedes weitere Wort würde nur dafür sorgen, dass sich das warme Gefühl in meinem Bauch auflöste. Und außerdem ... Ich wollte nicht als bemitleidenswertes Opfer vor ihm stehen.

Der Prinz schwieg ebenfalls. Den Blick seiner warmen braunen Augen auf mich gerichtet, schien er nachzudenken.

„In Euren Worten muss ein Hinweis auf das Rätsel versteckt sein", sagte er. „Es scheint etwas zu geben, das ..."

Ich schrie auf.

Denn seine Stimme war von Wort zu Wort undeutlicher und leiser geworden. Es war, als würde ein Sog ihn aus dem Sofa ziehen. Hinüber in mein Schlafzimmer. Dorthin, wo das Märchenbuch auf dem Boden lag.

Einen Moment später war er weg. Einfach weg!

So, als wäre er niemals da gewesen.

Ich sprang auf, rannte zu meinem Bett. Da lag das Buch. Es war genau an der Stelle aufgeschlagen, an der ich gelesen hatte, bevor er kam.

Alles nur geträumt?

„Das einzig Wichtige im Leben sind die Spuren der Liebe, die wir hinterlassen, wenn wir gehen."
Albert Schweitzer

Als der Wecker klingelte, schaffte ich es kaum, meine Augen zu öffnen, denn ich hatte in der Nacht so gut wie nicht geschlafen. Das Erlebnis mit dem Prinzen hatte mir nicht aus dem Kopf gehen wollen. Ich fragte mich immer wieder, wie es sein konnte, dass jemand aus einem Märchen in die Realität wechselte.

Hatte mich der Besuch des schrecklichen Mannes von Books & more so fertiggemacht, dass ich in eine Fantasiewelt geflüchtet war?

Ich sprang hoch, ging ins Wohnzimmer hinüber und hatte die verrückte Hoffnung, dass der Prinz dort im sanften Morgenlicht saß, elegant die Beine übereinandergeschlagen, in der Hand das Glas mit dem Rotwein und den Blick erwartungsvoll auf die Tür gerichtet.

Natürlich war das Sofa leer. Aber auf dem Tisch stand tatsächlich ein benutztes Weinglas. Das war jedoch die einzige Spur, die an den nächtlichen Besuch erinnerte. Sonst war nicht einmal der

Abdruck seines Hinterns auf dem Sofa zu erkennen. Ich beugte mich zur Lehne und schnupperte am samtenen Stoff. Der Prinz hatte nach Moschus und Sandelholz geduftet. Konnte ich vielleicht sein Parfum noch riechen?

Nein, nicht einen Hauch.

Ich nahm das Glas in die Hand, hielt es gegen das Licht und suchte den Abdruck seiner Lippen. Aber es war nichts zu sehen. Gar nichts.

Ich blickte mich ratlos im Zimmer um. Es sah aus wie immer. Vielleicht hatte ich den Wein selbst getrunken und mir unter Alkoholeinfluss alles nur eingebildet ...

So wird es wohl gewesen sein.

Mit hängendem Kopf schlich ich ins Badezimmer, putzte die Zähne und stellte mich unter die Dusche, bis ich einigermaßen munter war. Ich schlüpfte in meine Kleider, band die Haare zu einem Pferdeschwanz und schminkte meine Lippen in einem zarten Rosa. Dann ging ich in die Küche, machte mir einen Tee und stieg mit der dampfenden Tasse die Treppe nach unten, um den Laden zu öffnen.

Die ganze Zeit über dachte ich an den schönen Prinzen mit den braunen Augen.

Ich drehte die Heizung an, schüttelte die Kissen

auf, und dann nahm ich mir die vielen Lämpchen vor, die wie echte Kerzen aussahen, aber meine Bücher nicht in Brand stecken konnten, und schaltete auch sie ein.

Den Laden hatte ich dieses Jahr ganz in Weiß und Silber geschmückt, weil die Buchrücken schon viel Farbe in den Raum brachten. Es gab einen Tannenbaum aus Papier, silberne Kugeln, Rehe, Hirsche und Sterne. Überall hingen Lichterketten, die meine Tante und ich über die Jahre hinweg gesammelt hatten. Das Schaufenster jedoch war traditionsgemäß mit den schönen alten Kugeln und Anhängern in Grün und Rot dekoriert.

Durch die vielen Lichter sah der Laden bei dem trüben Wetter so heimelig aus, dass mir das Herz aufging.

Als ich mit allem fertig war, schloss ich die Tür auf, drehte das Schild mit der „Geöffnet"-Seite nach außen und kochte Ingwertee. Denn draußen war es kalt und wenn meine Kundinnen kamen, sollten sie sich auch von innen her aufwärmen können. Dann legte ich eine CD mit jazziger Weihnachtsmusik auf.

Jetzt war alles perfekt und die kleine Glocke an der Tür bimmelte, weil die erste Kundin den Laden betrat, ein paar Bücher zusammensuchte und sich auf dem Sofa niederließ. Kaum hatte ich ihr einen Tee gebracht, kamen zwei weitere. So verging der Morgen, die Kasse klingelte und ich schöpfte Hoffnung, einiges an Geld zusammenzubekommen, um wenigstens die dringendste Rechnung begleichen zu können.

War diese Sache mit dem Prinzen – was auch immer es gewesen war – etwa das Zeichen dafür, dass Geld ins Haus flatterte?

Am späten Nachmittag klingelte das Telefon.

„Nelli, denkst du dran? Heute Abend, neunzehn Uhr dreißig bei uns in der WG. Zu essen gibt es auch was."

Oh, nein! Das hätte ich beinahe vergessen. Meine Freundin Ines und ihre beiden Mitbewohner feierten irgendeinen Abschluss. Deshalb hatte sie mich und ein paar andere Freunde eingeladen.

„Ja", antwortete ich zögerlich.

Sobald ich mit mehr als drei Personen in einer fremden Umgebung sein musste – und für mich war alles außerhalb der Buchhandlung und der Wohnung fremd –, fühlte ich mich unbehaglich. Ines hatte sicher die ganze Bude voller Leute, wenn ich nach Schließung meines Ladens bei ihr ankam.

„Du kommst aber!", sagte sie drohend.

„Ja. Könnte ein paar Minuten später werden, falls ich noch eine unentschlossene Kundin habe", versuchte ich, den Besuch ein wenig nach hinten hinauszuschieben.

„Wenn du was zu essen haben willst, sei pünktlich!"

Seufzend legte ich auf und sah mich um. Vor den Regalen standen noch Kundinnen und auch das Sofa war besetzt. Um nichts in der Welt würde ich sie hinauswerfen, weil es Zeit zum Schließen war. Da würde ich lieber hungern.

Eine der Kundinnen kam auf mich zu.

„Kannst du mir das Buch empfehlen?“, fragte sie und hielt mir „Deadly Love“ vors Gesicht.

„Kann ich, falls es ein spannender Liebeskrimi sein soll.“

„Soll es. Packst du es mir bitte ein? Ich brauche es als Weihnachtsgeschenk für eine Freundin.“

Während ich das Buch in das Geschenkpapier wickelte, überlegte ich, was ich Ines mitbringen sollte. Über ihr Lieblingsthema Quantenphysik hatte ich nichts da. Das war zu speziell und außerdem hatte ich mich auf Liebesromane, Komödien, Krimis, Fantasy und natürlich Märchen spezialisiert. Ratgeber hatte ich wenige, Fachbücher keine. Wenn jemand etwas in der Richtung haben wollte, musste ich es fast immer bestellen.

Was also sollte ich ihr mitbringen?

Ich verabschiedete mich von der Kundin und stellte mich selbst vor das Regal, zog nach einigem Zögern einen Fantasyroman heraus, von dem ich hoffte, dass er ihr gefallen könnte, und packte ihn ein.

Fantasy ...

Mal angenommen, die Begebenheit von gestern Abend war *doch* echt ... und mal angenommen, der Prinz würde immer zur selben Zeit kommen ...

Mit gerunzelter Stirn überlegte ich, wann genau das gewesen war. Er hatte nach der Uhrzeit gefragt und da war es viertel vor zehn und er war sicher schon zwanzig Minuten bei mir in der Wohnung gewesen.

„Ich werde zu einer bestimmten Uhrzeit bei Euch erscheinen und zu einem ebenfalls festgelegten Zeitpunkt wieder von dannen ziehen müssen“, hatte er angekündigt.

Aber wann genau war er verschwunden?

Irgendwann nach zehn ...

Ich klebte die Schleife am Buch fest.

Ich muss Ines absagen!

Das wird sie dir nicht verzeihen.

Nein, es war unmöglich, wegen einer Gestalt, die meiner Fantasie entsprungen war, mich vor der Einladung meiner einzigen Freundin zu drücken.

Ich ließ meinen Blick durch den Laden schweifen.

Und wenn ich meine Kundinnen doch bitte, heute mal pünktlich zu gehen, damit ich früh bei Ines sein und ebenfalls früh wieder verschwinden kann?

Nelli Fleming, du bist verrückt!

Es war noch schlimmer, als ich gedacht hatte. In der ganzen Wohnung standen Leute herum und tranken etwas aus großen Bechern. Am liebsten hätte ich mich umgedreht und wäre davongelaufen.

Bei den vielen Menschen würde es sicher nicht auffallen, ob einer mehr oder weniger da war.

Doch da hatte Ines mich schon entdeckt.

„Da bist du ja, Liebes“, sagte sie und umarmte mich. „Komm mit in die Küche, da gibt es was Leckeres zu trinken.“

Ergeben ließ ich mich von ihr mitziehen. Auf dem Herd stand ein riesiger Topf, aus dem ein gut aussehender Mann mit einer Schöpfkelle etwas Dampfendes in Becher füllte.

„Kannst du mal meine Freundin versorgen?“, fragte Ines und ließ mich stehen.

Oh, nein! Sie wusste doch, dass ich so was nicht mochte.

Da hielt mir der Fremde auch schon einen Becher hin.

„Punsch?“, fragte ich.

„So ähnlich“, grinste er. „Ich bin übrigens Simon. Und du?“

„Nelli.“

„Prost, Nelli.“

Lächelnd stieß er mit mir an.

„Sollen wir uns ein ruhiges Eckchen suchen?“

Ich nickte. Lieber einen Menschen, mit dem ich mich in eine Ecke verziehen konnte, als mitten unter vielen.

Wir drängten uns durch den vollen Wohnraum und landeten am Ende in Ines Zimmer, wo wir uns auf zwei Stühle an ihren Schreibtisch setzten.

„Du bist eine Freundin von dem blonden Mädchen?“

„Ja.“

Und du?, fragt man jetzt, ermahnte ich mich selbst.

Doch da sprach er es schon aus.

„Ich bin eigentlich per Zufall hier gelandet. Ein Kumpel von mir kennt einen, der einen kennt“, lachte er. „Studierst du auch BWL?“

„Nein.“

„Darf ich erfahren, was du machst?“

„Ich bin Buchhändlerin.“

Die Leute fragten immer dasselbe. Wie ist dein Name, Beruf, Alter, Familienstand? Ich mochte diese Fragen nicht so gerne. Vor allem, wenn es um meinen geliebten Beruf ging, war ich empfindlich. Denn manche Menschen zogen spöttisch die Augenbrauen nach oben.

Buchhändlerin. So gar nicht hip.

„Was liest du gerne?“, fragte ich zurück.

Wenn er jetzt antwortete, dass er nicht las, würde ich den Punsch leertrinken und mich dann mit einer Ausrede verabschieden. Es war sowieso gleich acht Uhr.

„Du wirst bestimmt lachen“, meinte er.

Ich schüttelte den Kopf. Wenn es um Bücher ging, gab es überhaupt keinen Grund, jemanden auszulachen.

„Ich mag Märchen. Die Brüder Grimm, Hans

Christian Andersen, Wilhelm Hauff ... Es gibt wohl kein Märchen, das ich nicht schon gelesen hätte.“

Ich riss die Augen auf. Wollte er mich veralbern?

Aber nein, er sprach von der Magie, die in Hermann Hesses Märchen steckte, von der Heidelberger Romantik des Clemens Brentano und von Oscar Wildes Verwandlungsphantasien. Der Mann hatte Ahnung. Richtig viel Ahnung!

Ich nahm kleine Schlucke von dem heißen Punsch und es hätte genauso gut Wasser oder etwas anderes sein können, denn ich schmeckte nichts. Ich war einfach nur fasziniert von Simons Erzählungen. Wann traf man schon mal einen Menschen, der Märchen liebte?

Wir ließen uns von Ines nicht weiter stören, als sie zwei Teller Kastaniensuppe vor uns abstellte, und auch diese löffelte ich, ohne es so recht zu bemerken. Erst, als ich die Glockenschläge der Kirchturmuhr mitzählte – sieben, acht, neun! – schrak ich hoch und mir wurde bewusst, wo ich war und was ich zu tun hatte.

Ohne nachzudenken und ohne, dass mir richtig klar war, was ich tat, sprang ich auf. Ich murmelte etwas von einer anderen Einladung, zu der ich noch müsste, verabschiedete mich rasch von Simon, umarmte Ines, der ich auf dem Weg zur Wohnungstür begegnete und die so überrumpelt war, dass sie nicht widersprach, und eilte mit offenem Mantel hinaus in die Kälte und die Straße hinunter.

Trotz des Schnees auf dem Gehweg rannte ich fast, um ganz schnell nach Hause zu kommen.

Das Rätsel

Nur wer an die Magie glaubt, wird sie auch finden.

Um zwölf nach neun öffnete ich die Wohnungstür, stürmte ins Schlafzimmer, hob das Buch, das noch immer offen auf dem Boden lag, hoch, ließ mich auf dem Bett nieder und ... ja, ich wollte lesen. Ich wollte es wirklich. Aber ich konnte nicht. Die Buchstaben verschwammen mir vor den Augen und ich fühlte Angst in meinem Inneren.

Was würde passieren, wenn er nicht käme?

Dann würde ich wissen, dass etwas mit mir nicht stimmte. Doch das war nicht alles. Ich konnte die Welle der Enttäuschung schon sehen, wie sie in ihrem Startloch saß und darauf wartete, über mich hinwegzurauschen.

Aber *wenn* er kam ... Was würde *dann* passieren?

Nelli Fleming, reiß dich zusammen oder du wirst es bitter bereuen, falls du die Chance verstreichen lässt!

Also beugte ich meinen Kopf, riss meine Augen auf und begann, das Märchen von gestern weiterzulesen.

Die Königin eilte zurück in das Schloss und stieg die vielen Stufen hinauf bis in den Turm, in dem, verborgen vor den Augen ihres Vaters, die kleine Prinzessin in ihrer Wiege lag und schlief.

„Ich werde mich ab jetzt um dieses Balg kümmern", sagte sie zur Amme. „Du wirst bald mein Töchterchen zu versorgen haben."

Der Amme war es recht. Sie packte alles ein.

Als die Königin mit der Prinzessin auf dem Arm nach unten schlich, fauchte sie: „Du kommst in einen anderen Turm, weit, sehr weit weg von hier."

Ich hob den Kopf. Die Kerzen! Ich musste noch Kerzen anzünden. Gestern hatte ich auch welche an.

Rasch griff ich nach den Streichhölzern, riss eins über das Zündheftchen, es ging nicht an, riss ein zweites darüber und als es endlich brannte, konnte ich das Feuer an die Dochte halten.

Damit niemand von ihrem Plan erfuhr, sattelte sie ihr schnellstes Pferd und ritt stundenlang durch den Wald, bis sie an einen einsamen Turm mit einem Bach kam, der schon eine Ruine war. Dort hauste eine alte Frau.

„Du wirst dieses Balg versorgen und wenn du brav darauf Obacht gibst, dass keine Menschenseele es zu Gesicht bekommt, wird es dein Schaden nicht sein. Solltest du jedoch deine Zunge nicht im Zaum

halten können, werde ich sie dir mit meinen eigenen Händen herausschneiden.“

Mit diesen Worten warf sie ihr ein Säckel voller Silbermünzen zu.

Nicht lange Zeit danach gebar die Königin ein Mädchen. Es hatte blonde Löckchen und blaue Augen und war recht hübsch anzusehen.

Die Königin trug es sogleich weit in den Wald hinein zu der buckligen Frau und fragte: „Sag mir, weise Frau: Wird dieses Kindlein einmal Königin sein?“

Die Frau zog ihren Kopf tief zwischen die Schultern, bevor sie antwortete: „Deine Tochter wird denjenigen heiraten, den sie als ersten erblickt, nachdem sie vor dem Riesen gerettet wurde.“

Es vergingen viele Jahre. Die Königin war nicht faul, sondern machte sich auf die Suche nach einem Prinzen, der ganz nach ihrem Geschmack war. Sie fand einen schönen stattlichen Mann, der bald ein noch viel größeres Land regieren sollte, als ihr eigener Gemahl.

Ich hielt inne. Denn wie gestern strich plötzlich ein kühler Wind durch mein Zimmer und ließ mich frösteln. Ich schaute um mich. Aber da war niemand. Also las ich weiter.

„Der soll der Richtige für mein Töchterchen sein“, sagte die Königin und lud den Prinzen ein in ihr

Reich, um den Geburtstag der Prinzessin zu feiern.

Ich zuckte zusammen. Denn die Kerzen begannen zu flackern und erloschen. In dem Moment rutschte das Märchenbuch aus meinen Händen und fiel krachend auf die Dielen.

Einen Wimpernschlag später stand der Prinz vor mir und lächelte mich an.

Mein Herz klopfte so heftig, dass ich dachte, es würde mir aus der Brust hüpfen.

So war der gestrige Besuch also doch keine Einbildung gewesen!

Der Prinz verbeugte sich und fragte sogleich nach der Uhrzeit.

„Einundzwanzig Minuten nach neun“, antwortete ich mit Blick auf das Ziffernblatt.

„Nun kennen wir den Zeitpunkt meines Erscheinens, edles Fräulein. Mich dünkt, dass wir des Rätsels Lösung um einen winzigen Schritt nähergekommen sind.“

Dann beugte er wieder ein Knie vor mir und ich reichte ihm meine Hand zum Kuss.

Doch dieses Mal wollte ich es genau wissen. War der Anblick des schönen Mannes real? Oder bildete ich mir die Begegnung nur ein?

Bevor er seine Hand wieder wegziehen konnte, packte ich zu. Er hatte eine kräftige und wohlgeformte Männerhand und als ich sie drückte, fühlte sie sich an wie bei einem richtigen Menschen aus Fleisch und Blut.

Die Berührung jagte einen Stromstoß durch meinen Körper. Abrupt ließ ich los. Ich spürte, wie meine Wangen heiß wurden, und schlug die Augen nieder.

„Verzeiht bitte“, murmelte ich, ohne zu merken, dass ich mich seiner Sprache angepasst hatte.

Der Prinz legte eine Hand unter mein Kinn und zwang mich, den Kopf zu heben. Er sah mich mit seinen braunen Augen liebevoll an.

„Edles Fräulein. Ihr habt keinerlei Veranlassung, Euch zu entschuldigen.“

Meine Wangen wurden noch heißer. Am liebsten wäre ich – wie in früheren Zeiten üblich – in Ohnmacht gefallen, um der Verwirrung in meinem Kopf und meinem Herzen zu entfliehen. Mit Männern hatte ich nur wenig bis gar keine Erfahrung. Außerdem trug ich kein enges Korsett, das die Ohnmacht gerechtfertigt und keine bauschige Ballrobe, die dieser Situation die nötige Dramatik verliehen hätte. Ich hatte nur ein normales Kleid mit hübschem Blumenmuster an.

Bildete ich es mir ein oder hatte mich der Prinz für den Bruchteil einer Sekunde spöttisch angelächelt?

„Wollen ... wollen wir uns setzen?“, versuchte ich, mich mit einer alltäglichen Frage zu beruhigen.

Ich ging ihm voraus ins Wohnzimmer, nahm auf dem Weg eine Uhr mit, stellte sie auf die Kommode, zeigte auf das Sofa und setzte mich in den Sessel.

Er ließ sich auf dem dunkelroten Samt nieder. Heute trug er ähnliche Gewänder wie gestern in einem hellen Grau. Nur waren sie noch ein wenig edler und prachtvoller bestickt.

Ich kam mir in meinem Blümchenkleid plötzlich ziemlich armselig vor.

Hör auf, Nelli Fleming! Einen guten Charakter erkennt man nicht an der Kleidung!, ermahnte ich mich.

Ich riss meinen Kopf hoch und sah ihm fest in die Augen.

„Ich will jetzt wissen, was hier gespielt wird!“, schoss es aus mir heraus. „Wer seid Ihr, was wollt Ihr, was passiert hier gerade? Seid Ihr ein Mensch oder nur ein Gespenst?“

Der Prinz sah mich nachdenklich an. Dann erhob er sich, kam zu mir und beugte wieder ein Knie.

„Lasst uns bitte die höfischen Sitten für einen Moment außer Acht lassen, mein Fräulein. Reicht mir Eure Hände.“

Unsicher streckte ich sie ihm entgegen.

Er nahm sie und drückte sie genauso fest, wie ich es vor ein paar Sekunden bei ihm getan hatte. Dann führte er sie zu seinen Schultern.

„Spürt Ihr, dass sich unter Euren Händen ein Mensch befindet?“

Ich nickte, während das Blut in meine Wangen schoss, weil ich plötzlich seine starken Muskeln fühlen konnte.

„Ja, ich spüre es“, sagte ich leise.

Er nahm meine Hände und führte sie zu seinem Gesicht.

„Fühlt Ihr meine Wangen? Meine Haut?“

„Ja.“

Dann ließ er abrupt los.

„Verehrtes Fräulein, ich kann verstehen, dass Ihr verwirrt seid. Aber es ist wirklich und wahrhaftig ein Mensch, der hier in Eurem Salon sitzt.“

Er erhob sich und nahm wieder mir gegenüber auf dem Sofa Platz.

Dann fing er an zu erzählen.

„Zusammen mit meinem verehrten Vater, dem König, meiner geliebten Mutter, der Königin, und meinen jüngeren Geschwistern lebe ich in einem wunderbaren Schloss mit Blick auf saftig grüne Hügel und Wälder mit großen, starken Bäumen. Dazwischen sind Täler und Wiesen voller Blumen. Bei uns herrschen schon seit längerem friedliche Zeiten. Die Untertanen sind zufrieden damit und haben ihr sicheres Auskommen. An unserem Hof frönen wir den schönen Künsten. Dichter und Philosophen, Komponisten, Schauspielgruppen und Gaukler sind bei uns gern gesehene Gäste.“

Er machte eine Pause, als wollte er sich versichern, dass ich ihm noch folgte.

Ich nickte. Was er erzählte, klang fast zu schön, um wahr zu sein.

„Wir könnten alle glücklich bis zu unserem Tod leben, gäbe es nicht den Riesen, der uns immer wieder heimsucht, als sei er die Pest. Obwohl ich ihn unzählige Male mit meinen Mannen verfolgt habe, konnte er uns doch immer entwischen, denn er ist zu Fuß schneller, als wir mit unseren besten Reitpferden."

„Oh ... Ein richtiger und wahrhaftiger Riese?", fragte ich.

„Ja!", antwortete er grimmig.

Und die Prinzessin? Was ist mit der Prinzessin, die Ihr ehelichen sollt?

Plötzlich wurde mir ganz kalt ums Herz. Am liebsten hätte ich ihn gefragt, ob er schon jemandem versprochen war. Aber schickte sich so etwas?

Nein!

„Wisst Ihr eigentlich, wie das Märchen endet?", fragte ich ihn aus einer plötzlichen Eingebung heraus.

„Nein, das weiß ich nicht. Ich lebe in der Gegenwart. Nicht in der fernen Zukunft."

Zwischen uns war es ganz still. Nur das Ticken der alten Uhr auf der Kommode war zu hören und ab und zu ein Auto, dessen Reifen über die Fahrbahn mit der geschlossenen Schneedecke knirschten.

„Es begab sich, dass ich eines schönen

Nachmittags im Schlosshof spielte."

Er stand auf, ging zum Fenster und schaute hinaus.

„Zu unserer Zeit ist der Himmel dunkelblau und sternenklar", sagte er bedauernd, als er seinen Blick hob.

Er drehte sich um, schritt auf das Sofa zu und mir fiel ein, dass ich meine Gastgeberinnenpflichten vernachlässigt hatte.

„Mögt Ihr ein Glas Wein?", fragte ich ihn.

Für einen winzigen Moment verzog er das Gesicht.

„Habt Ihr Wasser im Haus?"

„Ja, natürlich. Hier hat jeder Wasser. Das kommt direkt aus dem Hahn."

„Darf ich Euch dabei beobachten, wie Ihr es nach oben pumpt?"

Ich lachte.

„Folgt mir."

Ich ging ihm voraus in die Küche, ließ ein wenig Wasser laufen, bis es kalt war, füllte ihm ein Glas bis oben hin und reichte es ihm.

Er beobachtete ganz genau, was ich tat. Mit erstauntem Gesichtsausdruck nahm er das Glas entgegen, trank vorsichtig einen Schluck und setzte es ab.

„Ist es erlaubt, verehrtes Fräulein?", fragte er und zeigte auf den Wasserhahn.

„Bitte schön", antwortete ich und trat einen Schritt

zur Seite.

Vorsichtig drehte er den Hebel nach oben, zuckte zurück, als das Wasser herauslief und drehte es wieder ab.

„Höchst erstaunlich!“, war sein einziger Kommentar.

Wir gingen zurück ins Wohnzimmer.

„Entschuldigt bitte. Wie soll ich Euch ansprechen?“

Ich hatte tagsüber mit dem Gedanken gespielt, im Internet nachzusehen, wie die korrekte Anrede für einen Prinzen lautete. Doch dann hatte ich diese Idee als Spinnerei abgetan und es bleiben lassen.

„Nennt mich Prinz Rufus, verehrtes Fräulein.“

„Und Ihr mich bitte Nelli. Ohne Fräulein. Das ist heutzutage nicht mehr üblich.“

Er neigte grüßend seinen Kopf zur Seite.

„Sehr wohl, Fräulein Nelli.“

Auf meine Lippen schlich sich ein Lächeln.

„Wart Ihr schon fertig mit der Schilderung Eures Lebens? Was ist mit der alten Frau und was mit dem Rätsel?“

Ich sah auf die Uhr. Es war bereits kurz vor zehn.

„Als ich alleine im Schlosshof spielte, stand plötzlich eine alte Frau vor mir. Das Auffälligste an ihr waren die dunkelbraunen Augen, mit denen sie mich aufzuspießen schien.“

Wie Großtante Klara es machte, wenn ich etwas angestellt hatte.

„Sie faselte allerhand Zeug. Vieles habe ich vergessen, ich war damals noch ein Knabe, nicht älter als fünf Jahre. Aber Ihre Vorhersage hatte mich darauf vorbereitet, hier bei Euch zu erscheinen. Das Einzige, das mir richtig im Gedächtnis geblieben ist, ist dieser Satz: ‚Sobald Ihr dreiundzwanzig Winter erlebt habt, werdet Ihr Euch auf den Weg machen, eine wunderschöne Prinzessin vor einem Riesen zu retten und sie als Eure Gemahlin ins Schloss zu führen.'"

Ich zuckte bei seinen Worten zusammen und schlug die Augen nieder.

Also doch die Prinzessin.

„Nelli ...", sagte er eindringlich.

Ich hob meinen Blick und sah in seine schöne Augen.

„Nelli ... seid *Ihr* diese Prinzessin?"

Wieder war es zwischen uns ganz still. Wieder war nur das Ticken der alten Uhr auf der Kommode zu hören. Doch in meinem Kopf hallten seine Worte so laut nach, als seien sie Donnerschläge.

Nelli ... seid Ihr diese Prinzessin?

Wie alle Mädchen hatte auch ich das Spiel geliebt, mich wie eine Prinzessin zu verkleiden und mir vorzustellen, dass ein Prinz käme, um mich auf sein Schloss zu entführen. Ich hatte sogar eine zeitlang gedacht, ich sei im Krankenhaus mit einem anderen Baby verwechselt worden. Als Großtante Klara mir klarmachte, dass ich zu Hause auf die Welt gekommen war, gab ich diesen Gedanken auf.

Und nun kam ein Märchenprinz zu mir in meine Wohnung und stellte mir so eine Frage!

Und irgendetwas klang in meinem Inneren an.

Jetzt bist du aber komplett verrückt, Nelli Fleming!

Schnell schüttelte ich den Kopf.

„Nein. Ich bin keine Prinzessin“, sagte ich mit viel Bedauern in der Stimme.

In diesem Moment ertönte der erste Schlag der Kirchturmuhr. Jetzt würde es nicht mehr lange dauern, bis er wieder gehen musste.

In mir zog sich alles zusammen.

Ich will nicht, dass er geht!

„Nelli!“, rief er, genauso alarmiert wie ich. „Helft mir bei der Lösung des Rätsels. Wer ist der Riese?“

„Aber Rufus! In unserer heutigen Zeit gibt es keine Riesen mehr.“

Wie willst du dich gegen diesen Riesen wehren?

Dieser Satz war mir in den vergangen Tagen mehrfach durch den Kopf gegangen. Und ja, wenn ich an Books & more dachte und an den schrecklichen Menschen, der mich unter Druck setzte, hatte ich schon oft dieses Wort benutzt.

Aber was hatte er mit dem Riesen aus einem Märchen gemeinsam? Nichts!

„Nelli!“, sagte der Prinz und sah mich eindringlich an. „Verratet mir, was Euch bedrückt. Vielleicht hilft uns das bei der Lösung.“

Also erzählte ich ihm von den vernichteten Briefen, dem zerrissenen Vertrag, den unbezahlten Rechnungen und dem Besuch des schrecklichen Mannes.

Seine Miene war bei meinen Worten immer düsterer geworden.

„Wo ist dieser Schuft? Ich werde mit ihm kämpfen und ihn besiegen!“, rief er.

„Das wird nicht möglich sein. Er lebt in einer anderen Stadt und wird erst in ein paar Tagen wiederkommen.“

Der Prinz war aufgesprungen.

„Ich werde ihn erwarten! Wo bewahrt Ihr Eure Degen auf?“

Ich verkniff mir ein Lächeln und sagte: „Prinz Rufus, in unserem Land gelten mittlerweile andere Gesetze. Man duelliert sich nicht mehr und ein Prinz hat nicht mehr Rechte als ein normaler Bürgerlicher.“

„Barbarische Sitten! Wo bewahrt Ihr Eure Degen auf?“

„Ich besitze keine Degen.“

„Aber womit verteidigt Ihr Euch, verehrtes Fräulein? Ich sehe, Ihr lebt hier ganz alleine. Oder sind Eure Dienstboten in einem der anderen Zimmer?“

Dienstboten?

Wieder musste ich mir ein Lächeln verkneifen.

„Wir haben Gesetze, die uns beschützen. Jedenfalls meistens. Es ist nicht nötig und auch gar nicht erlaubt, bewaffnet zu sein. Und außerdem ... der Mann von Books & more wird nicht am späten Abend bei mir erscheinen, sondern irgendwann während meiner Geschäftszeiten.“

Der Prinz ließ sich wieder auf das Sofa sinken.

„So sollte ich denn gar nichts für Euch tun können? Das kann nicht sein. Die alte Frau sagte, Ihr wäret für mich ...“

Genau wie gestern wurde seine Stimme undeutlicher. Ich sprang auf und streckte ihm meine Hand entgegen, als hätte ich die Macht, ihn festzuhalten. Doch noch bevor er mich berühren konnte, war er verschwunden ...

Verzweiflung

„Meine Erinnerungen an dich sind wie ein vergangenes Märchen, voller Zauber und Magie.“

Birgit Ramlow

Als er weg war, fühlte es sich an, als würde ein kalter Hauch durch mein Wohnzimmer wehen und jemand würde nach meinem Herzen greifen, als wollte er es mir aus der Brust reißen.

Konnte es wirklich sein, dass mir der Prinz nach zwei kurzen Begegnungen schon so viel bedeutete? Oder lag es an der Dramatik, die mit seinen Besuchen einherging, dass er mein Herz in Aufruhr gebracht hatte?

Und sollte das jetzt jeden Abend so gehen? Dass der Prinz um 21.21 Uhr aus dem Märchen fiel und um 22.22 Uhr zurückgezogen wurde? Waren diese eine Stunde und eine Minute alles, was wir hatten, um das Rätsel zu lösen, das gar kein Rätsel war, weil ein paar Informationen fehlten?

Falls es so wäre und er jetzt jeden Abend kam ... Wie lange noch? Was wäre, wenn er nicht mehr auftauchte? Wie konnte ich Kontakt mit ihm aufnehmen? Was tun, wenn er plötzlich die Fähigkeit verlor, hier bei mir zu erscheinen?

Vielleicht wurde er schon bald auf eine neue Mission geschickt, zu einem anderen Mädchen?

Ich schlug meine Hände vor das Gesicht.

So eine schreckliche Situation!

Schrecklicher als die mit dem Mann von Books & more?

Zusammen mit der Frage kam die Erinnerung an die harten stahlblauen Augen des schrecklichen Menschen hoch. Schnell ging ich in die Küche und holte mir ein Glas Wasser, um das bittere Gefühl und die Angst hinunterzuschlucken.

Am Ende werde ich alles verlieren, was ich liebe!

Ich spürte, wie mir Tränen über die Wangen liefen. Plötzlich fühlte ich mich so hilflos wie jemand, den man auf einer einsamen Insel ohne Wasser und Brot ausgesetzt hat. Was sollte ich bloß tun?

Meine Gedanken drehten sich im Kreis, als ich ins Bad ging, um mich bettfertig zu machen. Die Angst hatte mich im Griff, als ich mir die Decke über den Kopf zog, um mich in den Schlaf zu flüchten.

Da fiel mir sein letzter, unvollendeter Satz ein.

„Die alte Frau sagte, Ihr wäret für mich ..."

Was hatte er mir da mitteilen wollen? *Was* war ich für ihn? *Was*?

Das Telefon holte mich aus dem Schlaf.

„Wie hat dir Simon gefallen?"

Ich sah auf die Uhr.

„Ines! So früh?"

„Ich muss gleich zur Uni. Nun sag schon: Wie hat er dir gefallen?"

„Er ist nett."

„Nett? Igitt! Noch was anderes?"

Ich rieb mir die Augen und gähnte.

„Er weiß alles über Märchen."

„Oh!", machte sie. „Das ist doch toll für dich. Da hattet ihr ein Gesprächsthema, das dich interessiert."

„Aber das ist doch kein Grund, mich so früh anzurufen. Was ist denn passiert?"

„Er wollte deine Telefonnummer. Ich habe ihm gesagt, dass ich dich zuerst einmal fragen muss."

„Ich glaube nicht, dass ich das will."

Das Gespräch mit Simon war spannend gewesen. Aber ich war mit meinen Gedanken und Gefühlen bei jemand ganz anderem.

„Was war eigentlich los, dass du so früh verschwunden bist? Ich hatte ja nicht mal Gelegenheit, dich zu fragen, so schnell warst du draußen. Simon hat etwas davon gesagt, dass du noch eine andere Einladung hättest."

„Das war nur eine Ausrede."

Ines lachte.

„Du, ich muss Schluss machen. Sag schnell noch, wann ich morgen zum Helfen kommen soll. Gleich um neun?"

„Falls du Lust hast, sehr gerne."

„Klar, das weißt du doch. Für eine Leseratte gibt es nichts Schöneres, als in deinem Laden zu sein.“

Damit legte sie auf.

Ich gähnte. Wie zu erwarten war, hatte ich auch die letzte Nacht nicht sonderlich gut geschlafen, weil mir so viel durch den Kopf gegangen war. An Simon hatte ich überhaupt nicht mehr gedacht. Meine Gedanken waren immer nur bei dem einen.

Ich schaute auf die Uhr. Eine halbe Stunde war noch drin. In Gedanken an den Prinzen schlief ich wieder ein.

Trotz meiner Müdigkeit hatte ich den Tag gut hinter mich gebracht und sah jetzt der letzten Kundin mit einem frohen Lächeln nach. Sie hatte für ihre ganze Familie Bücher als Weihnachtsgeschenke gekauft und so lagen heute ein paar Scheine mehr als sonst in der Kasse. Rasch schloss ich die Tür ab, holte drei Fünfziger heraus, steckte sie in meine Hosentasche, schlüpfte in meine dicke Jacke und trat durch den Nebeneingang nach draußen.

Ich sah hoch zum Himmel. Es würde später sicher wieder zu schneien anfangen. Aber bis dahin war ich zurück, um den Gehsteig freizuschippen.

Schnell lief ich zu dem einzigen Kaufhaus, das es in unserem Städtchen gab.

„Du hast ja ganz rote Wangen“, wurde ich von

meiner Lieblingsverkäuferin Susi begrüßt, die auch eine Kundin von mir war. „Bist du gerannt?“

Ich nickte, aber es stimmte nicht. Es war die Aufregung, die mir das Blut ins Gesicht trieb.

„Wie kann ich dir helfen?“, fragte sie.

„Ein Kleid. Ich brauche ein schönes Kleid.“

„Für Weihnachten?“

Ich schwindelte, als ich sagte: „Ja.“

„Also etwas Festliches? Dann lass uns mal schauen. Welche Farbe?“

„Purpur!“, rief ich, ohne zu überlegen.

Susi grinste mich an.

„Hast du wieder Märchen gelesen?“, fragte sie.

Ich tat, als hätte ich ihre Bemerkung nicht gehört, und wandte mich den Kleidern zu. Aber da hingen fast nur schwarze und welche in Silber.

„Habt ihr sonst nichts?“, fragte ich enttäuscht.

„Komm mit!“, forderte sie mich auf. „Wir haben vorhin eine Lieferung bekommen, die noch nicht ausgezeichnet ist. Da ist etwas in einem Beerenton dabei.“

Sie führte mich zu einem kleinen Raum neben den Kabinen und zog einen Ständer heraus.

Und da hing es. *Mein* Kleid!

Es war ein dunkler, ins Lila gehender Bordeauxton, das Oberteil war komplett aus Spitze und hatte lange Ärmel, der Rock war weit geschnitten. So wunder-wunderschön ...

„Schau mal, das ist ein ganz feiner Tüll. Der

macht den Rock bauschig, ohne zu kratzen. Willst du es mal anprobieren?“

Und wie gerne ich das tun würde. Aber dieses Kleid war viel zu teuer. Das sah man ja schon.

Deshalb schüttelte ich den Kopf.

„Ich glaube, das kann ich mir nicht leisten“, sagte ich leise.

„Warte, ich schau mal auf der Liste nach.“

Sie ging in den Raum und kramte auf dem kleinen Tisch herum.

„Hm ... Moment. Hundertneunundneunzig.“

Erwartungsvoll sah sie mich an.

Ich schob meine Hand in die Hosentasche und fühlte die drei Scheine, die dort steckten. Selbst die Hundertfünfzig durfte ich nicht einfach verprassen und das Kleid war ja nicht das einzige, was ich brauchte. An die offenen Rechnungen durfte ich erst gar nicht denken ...

„Danke dir, aber nein, das geht nicht.“

Schnell verabschiedete ich mich und lief hinaus auf die Straße.

Die Kirchenglocke schlug neunmal. Wie ein aufgescheuchtes Huhn war ich durch die Wohnung gerannt. Ich hatte aufgeräumt und Staub gewischt, obwohl das gar nicht nötig gewesen wäre. Dann hatte ich Tannenzweige auf die Kommode und den kleinen Wohnzimmertisch gelegt und mit Sternen, roten Äpfelchen und allerlei hübschen Kleinigkeiten dekoriert. Anschließend hatte ich sämtliche Ständer herausgeholt, dunkelrote Kerzen hineingesteckt und angezündet.

Und nun ... ja, nun öffnete ich die „Flasche guten Weines“, für die ich viel Geld ausgegeben hatte.

„Der Wein muss vor dem Genuss atmen, damit er seinen vollen Geschmack entfalten kann“, hatte der Verkäufer gesagt.

Ich stellte die Flasche auf einen der hübschen silbernen Untersetzer meiner Großtante und das Glas daneben. Auch mir stellte ich ein Glas hin. In Gesellschaft trank es sich für den Prinzen sicher schöner.

Jetzt musste ich nur noch warten, bis er endlich kam und dieses Warten machte mich so irre, dass ich nicht mehr vernünftig denken konnte.

Setz dich hin und lies. Das wird dich beruhigen.

Ich holte das Märchenbuch aus meinem Schlafzimmer, setzte mich in den Sessel, schlug es auf und blätterte mit zittrigen Fingern zur richtigen Stelle.

21.18 Uhr. Gleich ist es so weit!

Ich holte tief Luft und begann, laut zu lesen.

Der Prinz machte sich auf den Weg, um an den Festlichkeiten zu Ehren der Prinzessin teilzunehmen. Er musste viele Tage lang durch sein großes Reich reiten, bis er endlich an die Grenze kam.

Dort überkam ihn ein Durst, der so groß war, dass er einen See hätte austrinken können. Da erblickte er einen Turm und als er näher kam, hörte er das Rauschen eines Baches. Flugs stieg er ab, um sein Pferd zu tränken und sich selbst auch.

Aus dem Turm kam eine sehr alte Frau herangeeilt.

„Wer seid Ihr und was wollt Ihr hier, Herr?“, fragte sie den schönen Reitersmann.

„Ich bin gekommen, mit der Prinzessin zu feiern“, antwortete der.

Da erschrak das alte Weib bis ins Mark.

„Woher wisst Ihr von der Prinzessin, edler Herr?“

„Die Königin selbst hat mich zu dem großen Fest eingeladen.“

Da atmete die Alte erleichtert auf, denn sie wusste, dass er die blonde Prinzessin meinte, die im Schloss wohnte.

„Frau, kann ich diese Nacht ein Bett in Eurem Turm haben? Meine Glieder sind recht müde.“

„Nein, Herr!“, sagte die Alte schnell. „Das wird leider nicht möglich sein.“

„Lebt ihr denn nicht alleine hier? Ich will Euch auch reich entlohnen.“

Sprach's und zog einen Golddukaten aus der Tasche.

Ich sah auf die Uhr und in dem Moment rutschte

mir das Buch aus der Hand. Einen Wimpernschlag später stand der Prinz vor mir und lächelte mich an.

Mir stockte der Atem, als ich ihn sah.

„Einen guten Abend wünsche ich Euch, verehrte Nelli“, begrüßte er mich.

„Einen guten Abend, Prinz ...“

Verflixt, ich hatte in der Aufregung seinen Namen vergessen.

Ich spürte, wie ich rot anlief, und sprach schnell weiter.

„Wollt Ihr auf dem Sofa Platz nehmen?“

Als der Prinz nickte, war wieder ein klein wenig Spott in seinem Blick.

„Ich danke Euch“, sagte er und beugte ein Knie, um meine Hand zur Begrüßung zu küssen.

Er hielt sie einen Moment länger fest, als es nötig gewesen wäre. Dann erhob er sich und setzte sich auf das Sofa.

Heute trug er einfachere Kleider in einem dunklen Blau. Sie waren nur wenig bestickt und auch das Jabot hatte nicht einmal einen Hauch von Spitze.

Hat er sich mir angepasst? Will er mir nicht zumuten, mich wie die Taube neben dem Paradiesvogel zu fühlen?

Wie gerne hätte ich jetzt das wunderschöne Kleid in Purpur an ...

„Mögt Ihr ein Glas guten Weines?“, fragte ich und beugte mich vor, um ihm einzuschenken.

Der Prinz lachte.

„Ja, ich möchte gerne Euren Wein kosten.“

Dann schenkte ich auch mir ein Schlückchen ein.

Der Prinz hob das Glas, um mir zuzuprosten, ich tat es ihm nach und beobachtete ihn, um seine Reaktion zu sehen, wenn er den ersten Schluck nahm.

Er trank, er lächelte mich an und er lobte den Wein.

Erleichtert atmete ich auf, nahm selbst ein Schlückchen und glaubte, noch nie etwas gekostet zu haben, das leckerer gewesen wäre.

Das liegt sicher an seiner Gesellschaft.

„Wir sollten versuchen, möglichst rasch hinter das Rätsel zu kommen“, begann er. „Ich weiß noch viel zu wenig über Euch.“

Was sollte ich ihm erzählen? Dass ich mir heute ein Kleid kaufen wollte, um schön für ihn zu sein? Dass ich den Wein besorgt hatte, um ihn zu beeindrucken?

Das waren keine Themen, die für seine Ohren bestimmt waren.

Also erzählte ich ihm von dem Haus, in dem ich schon mein Leben lang wohnte, von meiner Großtante, meinem Laden, meinen Kundinnen, den Leuten in der Straße und davon, dass meine Nachbarn im Begriff waren, ihre Häuser zu verkaufen, um dem Büchergiganten Platz für sein riesiges Geschäft zu machen.

Der Prinz hörte mir aufmerksam zu. Als ich an die

Stelle mit dem schrecklichen Mann kam, funkelten seine Augen und seine Hände ballten sich zu Fäusten. In dem Moment erst fiel mir auf, dass er an seiner linken Seite einen Degen trug.

Ich presste meine Lippen zusammen, blinzelte heftig und schluckte schwer, um nicht vor Rührung loszuheulen.

„Besteht die Möglichkeit, dass Ihr diesen *Herrn* morgen zu einem Gespräch hierherbittet?“, fragte er.

„Morgen ist Samstag und halb zehn ist sehr spät. Und ... Ihr dürft keinen Degen benutzen. Unter keinen Umständen!“

„Das muss nicht Eure Sorge sein!“, sagte er mit Feuer im Blick.

„Ich kann ihn einladen und dann werden wir sehen, ob er kommt“, schwindelte ich ihn an.

Was hätte ich ihm auch sonst sagen sollen? Er würde es sowieso nicht verstehen.

Zufrieden nickte er.

„Tut das, verehrtes Fräulein!“

Er trank einen Schluck von seinem Wein. Ohne das Gesicht zu verziehen, wohlgemerkt. Ich hatte also gut gewählt.

„Ihr habt mir viel erzählt, aber ich konnte keinen Hinweis darauf finden, wie das Rätsel lautet. Ihr befindet Euch in der Tat in einer prekären Situation. Ich bedaure sehr, Euch nicht einfach ein paar Golddukaten mitbringen zu können, um Euch damit auszuhelfen.“

Im Hintergrund schlug die Glocke des Kirchturms und ich musste nicht mitzählen, um zu wissen, dass es zehn Uhr war.

Der Prinz hatte es ebenfalls mitbekommen. Schon beim ersten Ton zuckte er zusammen, sprang auf und lief ans Fenster.

„Ich habe unzählige Fragen an Euch. In Eurem Jahrhundert gib es so viele Dinge, die ich nicht verstehe. Aber uns fehlt die Zeit, darüber zu sprechen. Vielleicht ..."

Er sprach nicht weiter.

Dafür stellte ich ihm eine Frage.

„Letztes Mal. Kurz bevor Ihr zurückgezogen wurdet. Da konntet Ihr einen Satz nicht zu Ende sprechen. Erinnert Ihr Euch?"

In Erwartung seiner Antwort hielt ich die Luft an.

Doch er schwieg und sah weiter zum Fenster hinaus.

Da erhob auch ich mich und trat neben ihn.

„Prinz?", fragte ich. „Prinz Rufus?"

Es sah aus, als wäre er schon auf dem Weg zurück in seine Welt, so geistesabwesend sah er in die Ferne.

„Was wohl passieren wird, wenn man das Buch verbrennt?", fragte er. „Gäbe es dann die Möglichkeit, länger hierzubleiben?"

Er wandte mir seinen Oberkörper zu und sah mir direkt ins Gesicht.

Beruhige dich, dummes Herz.

„Habt Ihr die Möglichkeit, mich dem König vorzustellen?“

Ich schüttelte traurig den Kopf.

„In unserem Land gibt es keinen König mehr.“

Erstaunt riss er die Augen auf.

„Aber wer regiert dieses Reich?“

„Eine Frau. Kanzlerin wird sie genannt.“

„Ihr scherzt“, lachte er. „Es kann doch nie und nimmer sein, dass eine Frau ein großes Reich regiert. Ist sie denn eine Königstochter? Hat sie Titel, viele Güter, ist sie reich?“

„Nein. Sie ist eine Frau aus dem Volk und sie hat nur das, was sie als Kanzlerin verdient. Heute ist alles anders als in früheren Jahrhunderten.“

Ungläubig schüttelte er seinen Kopf.

„Dann wäre ich also ein Nichts und Niemand, würde ich das Buch verbrennen, um zu versuchen, hierzubleiben. Und ich wäre nicht in der Lage, meine Aufgabe zu erfüllen“, murmelte er vor sich hin.

Ich hatte ihm gar nicht richtig zugehört, denn ein Blick auf die Uhr zeigte, dass es schon 22.21 Uhr war und uns nur noch wenige Sekunden blieben.

„Prinz Rufus, ich muss Euch etwas fragen. Gestern Abend waren Eure letzten Worte: ‚Die alte Frau sagte, Ihr wäret für mich ...‘, und dann wart Ihr verschwunden. Bitte verratet mir, was ich für Euch bin.“

Da wurde sein Blick ganz weich. Er streckte seine Hand nach mir aus. Schnell reichte ich ihm meine.

Doch es war zu spät. Denn ich hatte kaum geblinzelt, da war er verschwunden.

Erschrocken und enttäuscht schrie ich auf.

„Nein!“

Peinlichkeiten

„Ein Tropfen Liebe ist mehr als ein Ozean Verstand.“

Blaise Pascal

Endlich kam das Weihnachtsgeschäft in Schwung. Viele meiner Kundinnen hatten Bücher für ihre Lieben gekauft. Ich war so dankbar dafür und umarmte jede einzelne, bevor sie meinen Laden verließ.

So kam es, dass ich in Gedanken die Geldscheine zusammenzählte und überlegte, ob ich es nicht doch wagen sollte, das wunderschöne purpurfarbene Kleid zu kaufen.

Du kannst wirklich mal etwas für feinere Anlässe gebrauchen, sagte eine Stimme in mir.

Anlässe? Für welche Anlässe? Wenn der Prinz heute Abend kommt?, antwortete die andere.

In der Art ging es den ganzen Vormittag. Mein schlechtes Gewissen plagte mich, sobald ich mir vorstellte, nach Ladenschluss in das Kaufhaus zu huschen und das schwer verdiente Geld auf den Kopf zu hauen, statt Rechnungen zu bezahlen. Aber der andere Teil in mir, derjenige, der auch mal was richtig Schönes haben wollte, rebellierte dagegen.

„Gehen wir am Nachmittag durch den Schnee spazieren und danach noch in ein Café?“, fragte Ines, die pünktlich um neun Uhr vor der Tür gestanden hatte, um mir im Verkauf und beim Verpacken der Bücher zu helfen.

Gut gelaunt stimmte ich zu. Am Nachmittag hatte ich Zeit, denn ich war ja erst abends verabredet.

Ich hätte bei dem Gedanken daran, in wenigen Stunden wieder den Prinzen zu sehen, durch den Laden tanzen und vor Freude singen können.

„Ich hol dich um drei Uhr ab, ja?“

„Lieber um halb vier.“

Dann endlich war Feierabend und zum Glück konnte ich pünktlich schließen. Die Sonne schien vom strahlend blauen Himmel. So musste ich heute keinen Schnee schippen, sondern konnte trockenen Fußes die Straße hinuntereilen, bis ich am Kaufhaus ankam.

Ohne zu überlegen, stürmte ich in die Abteilung, wo ich gestern das Kleid gesehen hatte.

Susi fragte erst gar nicht, sondern nahm den Bügel vom Ständer und drückte ihn mir in die Hand.

„Pscht, nicht weitersagen“, flüsterte sie. „Aber wenn du das Kleid haben willst, hole ich es auf Mitarbeiterrabatt und bringe es dir später vorbei.“

„Das würdest du tun?“, fragte ich zurück und merkte, dass ich rot wurde, denn es war mir peinlich, wenn die Leute ahnten, wie schlecht es um meine Finanzen stand.

„Klar! Du bist mir doch auch schon oft genug entgegengekommen."

Ich schob den Vorhang zur Umkleidekabine beiseite, zog Stiefel, Jeans und Pulli aus, nahm das Kleid vom Bügel und dann schlüpfte ich mit geschlossenen Augen hinein.

Wenn es mir nicht steht, werde ich erleichtert und gleichzeitig ziemlich traurig sein.

Ich verwandelte mich in eine Schlangenfrau, um den Reißverschluss hochzuziehen, und dann öffnete ich die Augen. Und stieß einen entzückten Schrei aus.

So schön hatte ich noch nie, nie, niemals in meinem ganzen Leben ausgesehen!

Die Farbe harmonierte perfekt mit meinen Haaren und den grünen Augen, die Größe passte, als wäre es für mich geschneidert worden. Unter der Spitze war Haut zu sehen, aber nicht zu viel und der Rock fiel bis über die Knie. Es war atemberaubend schön.

Dieses Kleid muss ich haben, koste es, was es wolle!

Susi schob den Vorhang ein Stückchen zur Seite und fragte: „Darf ich mal schauen?"

Sie riss die Augen auf, als sie mich sah und formte mit den Lippen das Wort „phä-no-me-nal".

Aber laut sagte sie: „Da haben Sie recht. Das Kleid passt leider überhaupt nicht. Soll ich etwas anderes bringen?"

Ich schüttelte glücklich lächelnd den Kopf und als ich mich umgezogen hatte und die Kabine verließ, wollte ich das hübsche Teil gar nicht loslassen, weil ich Angst hatte, dass jemand anderes es mir wegschnappen könnte.

„Dreißig Prozent!“, flüsterte Susi. „Ich bringe es dir kurz nach sieben vorbei. Darf ja keiner merken ...“

Wie auf Wolken schwebte ich nach Hause. Ich hatte ein Kleid, ein wunder-wunderschönes Kleid! Heute Abend würde ich mich vor dem Prinzen nicht genieren müssen, weil ich nur eine Jeans und einen Pulli oder das alte Blümchenkleid trug.

Ob er mich wohl schön finden wird?

Mein Gesicht wurde heiß, denn ich erinnerte mich an das, was meine Tante immer gesagt hatte.

„Schau nicht auf Äußerlichkeiten, Nelli Fleming. Das *Herz* muss schön sein.“

Ach, meine Tante ... Ich vermisste sie so sehr. Sie hatte den Laden im Griff gehabt und ihr Leben und überhaupt alles. Wenn der schreckliche Mensch von Books & more zu *ihr* gekommen wäre, hätte sie ihn mit dem Besen zur Tür hinausgejagt.

Hätte ich doch nur ein bisschen mehr von ihrer Courage geerbt ...

Ich lief die Treppe hoch in meine Wohnung, ging in die Küche, um mir ein Brot zu schmieren, und biss davon ab, während ich mir etwas Wärmeres anzog. Dann marschierte ich ins Bad, putzte die Zähne, bürstete meine Haare und malte mir die Lippen rosa an.

Kaum war ich fertig, klingelte es auch schon und Ines stand vor der Tür.

„Ich komm runter", rief ich durch die Sprechanlage und schlüpfte in meine Stiefel und die Jacke.

Wir liefen nebeneinander am Fluss entlang. Die Bäume sahen mit dem Reif, der in den Ästen hing, wie verzaubert aus. Der Himmel war noch immer blau und die Sonne schien uns warm auf den Rücken. Ein Bilderbuch-Winter-Wetter.

„Sag mal ...", begann Ines. „Wie ist das eigentlich mit dir und den Männern?"

Ich erschrak. Sah man es mir an, dass es jemanden in meinem Leben gab? Seit der Prinz zum ersten Mal erschienen war, überlegte ich, ob ich meiner Freundin von ihm erzählen sollte. Aber zuerst hatte ich ja selbst nicht geglaubt, was da passierte und dann ... sie würde mich doch für verrückt halten, wenn ich davon anfinge.

Wie soll man so etwas einem anderen Menschen erklären?

Noch dazu, wenn dieser Mensch Naturwissenschaftlerin war und auf handfeste Beweise stand?

„Was soll sein?", fragte ich deshalb vorsichtig.

„Hast du nicht Lust, dich mal zu verlieben?"

Bin ich schon!

„Wie ist es denn bei dir?", versuchte ich, von mir abzulenken.

„Ach, ich habe bei der ganzen Lernerei doch gar keine Zeit dafür", wiegelte sie ab.

„Und ich habe im Moment andere Probleme", schlüpfte es mir von den Lippen, obwohl ich das gar nicht hatte sagen wollen.

„Was für Probleme? Etwa mit deinem Laden?"

Ich nahm den Brocken, den sie mir hinwarf, dankbar an und es stimmte ja, wenn es auch nicht der Laden war, der mir Kummer bereitete, sondern derjenige, der ihn sich unter den Nagel reißen wollte.

„Erzähl!", sagte sie im Befehlston.

Also gab ich nach und schüttete ihr mein Herz aus. Als ich fertig war, blieb sie stehen, nahm mich in die Arme und drückte mich an sich.

Dann schimpfte sie mich aus.

„Warum erzählst du mir das nicht früher? Wozu bin ich denn deine Freundin? Es ist nicht zu glauben! Man sollte dich mal übers Knie legen."

Sie sah mich grimmig an.

„Du brauchst einen Anwalt! Und zwar ganz schnell. Das geht doch nicht, dass dieser Scheißtyp dich bedroht!"

„Was soll ich denn gegen so jemanden ausrichten? Der hat Millionen im Rücken und kann mich kaputtmachen, wie es ihm gefällt."

„Was willst du sonst tun? Etwa klein beigeben und den schönen Laden, den deine Großtante aufgebaut hat, verlieren?"

Bei ihren Worten drückte es mir den Hals zu. Die Zeiten, in denen ich den Kopf in den Sand stecken konnte, schienen unwiderruflich vorbei zu sein.

„Wenn das stimmt, was du mir gerade erzählt hast, bist du ihm doch entgegengetreten und hast ihm Paroli geboten. Oder?"

Ich nickte. Das hatte ich tatsächlich. Nur war mir das gar nicht so bewusst gewesen.

„Das war äußeres Imponiergehabe, wie Männer es draufhaben. Innen drin sah und sieht es ganz anders aus."

„Weil du alleine bist! Du brauchst einen Mann, der dir den Rücken stärkt!"

„Ja, ja. Aber der ist nun mal nicht da."

Oder will mit seinem Degen auf den schrecklichen Mann losgehen.

„Wenn nicht ein Wunder passiert, wird es mir an den Kragen gehen. Und zwar bald."

Ich schluckte schwer, um die Tränen zurückzuhalten.

„Das kommt überhaupt nicht in Frage! Ich liebe deinen Laden und wenn ich könnte, würde ich dir alles Geld der Welt geben, um dir zu helfen. Doch du weißt ja. Ich komme selbst kaum über die Runden. Aber ..."

Sie sah mich nachdenklich an und dann zog sie

ihr Handy aus der Tasche.

„Ich rufe jetzt Simon an. Der soll sich mit uns im Café treffen. Er wollte dich ja sowieso wiedersehen."

„Nein, nein, nein!", protestierte ich. „Was gehen einen Fremden denn meine Probleme an? Ich will das nicht!"

„Liebes! Ich habe mich auf der Party mit ihm unterhalten, nachdem er ganz irritiert war, dass du so schnell verschwunden bist. Er ist Anwalt. Hat er dir das nicht erzählt? Ihr habt doch ewig miteinander gequatscht. Er kann dir sicher helfen."

Auf dem Weg zum Café grummelte ich vor mich hin, denn ich hatte keine Lust, alles vor dem netten Märchenkenner auszubreiten. Es war mir peinlich, dass ich so lange den Kopf in den Sand gesteckt hatte und erst jetzt, wo es kurz vor zwölf war, nach Rettung schrie. Er würde mich sicher für ein kleines Mäuschen halten und damit wäre er schon der zweite, denn der schreckliche Mensch hatte das auch getan, als er mich mit einem Happs verschlingen wollte.

Allein bei dem Gedanken, dass er in wenigen Tagen auftauchen würde, um mich erneut unter Druck zu setzen, wollte ich die Flucht ergreifen.

Wie so oft fühlte ich mich auf dieser Welt fehl am Platz. Am liebsten wäre ich zu dem einzigen für mich sicheren Ort gerannt und hätte mich in meinem Bett verkrochen.

Nicht mehr lange und es wird diesen Ort nicht mehr geben.

Die Gewissheit traf mich mit der Wucht einer Keule. Plötzlich fühlte ich mich so schwach, dass ich mich bei meiner Freundin einhängen musste, weil ich es kaum schaffte, einen Fuß vor den anderen zu setzen.

„Ach, Liebes“, meinte sie. „Simon kann dir sicher helfen. Ich habe ihn ja auch erst auf der Party kennengelernt. Aber mein Mitbewohner sagt, dass er ziemlich gut sein soll in seinem Job. Es wäre doch gelacht, wenn du dich von dem fiesen Books & more-Typen ins Bockshorn jagen lassen würdest. Der soll seinen Palast außerhalb im Industriegebiet bauen. Hier können wir ihn nicht gebrauchen.“

„Auch dort wird er schaden“, flüsterte ich. „Wenn meine Kundinnen erst einmal merken, dass sie bei ihm alles bekommen, statt bei mir bestellen zu müssen ...“

Meine Freundin blieb ruckartig stehen und sah mich an, als hätte ich sie nicht mehr alle.

„Das sind doch zwei verschiedene Stiefel! Bei dem Typen kriegen sie alle Bücher und Krimskrams in einer sterilen Neonlicht-Umgebung. Aber bei dir ... Da bekommen sie Wärme und Geborgenheit und eine Menge Zuneigung.“

Ich lächelte sie dankbar an. Jetzt hatte ich schon

zwei Menschen, die sich für mich starkmachten.

Zwei *Menschen?*

Was soll er sonst sein? Du hast ihn doch gespürt.

Bei dem Gedanken daran, wie ich seine Arme, seine Schultern und danach sein Gesicht berührt hatte, wurde mir ganz warm ums Herz. Wie gerne würde ich Ines davon erzählen.

„Du, Ines ... Ich ... also, ich wollte dir noch was ..."

„Guck mal, da vorne kommt Simon", rief sie erfreut. „Kannst du es mir später erzählen oder war es was Dringendes?"

Ich schüttelte den Kopf.

„Nein, war es nicht."

Ines hatte gegen den Books-Menschen gewettert, Simon hatte Fakten gesammelt und ich hatte mich geschämt. Nein, ich schämte mich noch immer, denn er wollte die Schreiben haben, die Books & more mir geschickt hatte.

Ich spürte, wie mein Gesicht rot anlief und senkte den Kopf.

„Die ... ähm ... die hat sie zerrissen", sprang Ines helfend ein.

Mein Gesicht wurde noch heißer. Wo gab es denn so was, dass eine erwachsene Frau – als die ich mich im Moment kein bisschen fühlte – die Dinge, die sie nicht sehen wollte, in Fetzen riss und dachte, damit sei die Angelegenheit erledigt.

Ich war dankbar, dass Ines das Gespräch übernahm und mit Simon das klärte, was meine Aufgabe gewesen wäre. Mir rauschte das Blut in den Ohren und so bekam ich nur am Rande mit, was er ihr alles erklärte. Das Einzige, das bei mir hängenblieb, war seine Aussage, dass es nicht einfach für mich werden würde.

„Das Wichtigste ist, dass sie ganz rasch die Rechnungen begleicht", sagte er.

Ich gab Ines unter dem Tisch einen Schubs, damit sie jetzt nicht auch noch meine miserable finanzielle Situation vor ihm ausbreitete. Doch da sprach sie es schon aus.

Wo ist das Loch?, fragte ich mich und hätte mich am liebsten auch körperlich in das Mäuschen verwandelt, das ich offensichtlich war.

Irgendwann waren die beiden mit allem durch und Simon schloss damit ab, dass er mir eine Zusammenfassung des Gesprächs zukommen lassen würde, dass ich am Montagmorgen bei ihm in der Kanzlei erscheinen sollte, um ihn offiziell als meinen Rechtsberater zu beauftragen und dass er sein Bestes geben würde, um mir in der Angelegenheit so gut wie möglich zu helfen.

„Kannst du dir bei der Bank keinen Kredit holen?", wollte er wissen.

Ich schüttelte den Kopf.

„Letztes Jahr hatten wir einen Rohrbruch und die

elektrischen Leitungen mussten auch erneuert werden. Zusammen mit der Renovierung ... Daran zahle ich jeden Monat ab."

„Kannst du etwas verkaufen? Hast du Wertgegenstände? Schmuck? Ein Auto? Irgendetwas in der Art?"

Ich zuckte mit den Schultern.

Tante Klara hatte mir tatsächlich ein wenig Schmuck hinterlassen und dann gab es noch die Möbel. Ob die Sachen wertvoll waren, wusste ich nicht. Ich wusste nur, dass ich sie nicht hergeben konnte.

Ich saß sicher da wie ein Häufchen Elend und auch das war mir vor Simon peinlich. Aber ich packte es nicht, mich zusammenzureißen, denn mir war klar, dass es in meinem Leben große Umbrüche geben würde.

Wie groß sie tatsächlich waren, davon hatte ich allerdings nicht den Hauch einer Ahnung ...

Eine Prinzessin für den Prinzen

„Alle Märchen sind nur Träume von jener heimatlichen Welt, die überall und nirgends ist.“

Novalis

Auf dem Heimweg fühlte ich mich noch immer elend. Tausend Gedanken sausten mir durch den Kopf. Jedes einzelne Versäumnis fiel mir ein und ja, es waren viele gewesen. Als Kind hatte meine Großtante mich ständig ermahnt: „Pack deinen Schulranzen. Du musst noch die Bücher zurückbringen. Hast du das Geschenk für Ines‘ Geburtstag besorgt?“

Ich war schon immer sehr verträumt gewesen. So oft hatte ich Handschuhe, Schal oder Jacke vergessen. Einmal sogar den Schulranzen im Klassenzimmer. Und obwohl ich mein rotes Fahrrad über alles liebte, ließ ich auch das immer wieder an verschiedenen Orten stehen. Einfach vergessen ...

Dass ich nicht von dieser Welt war, hatte ich schon als kleines Mädchen gespürt. Und irgendwie hatte sich das nie geändert. Im Gegenteil! Nach dem Tod meiner Tante hatte sich das Gefühl noch verstärkt. Es verging kein Tag, an dem ich nicht an sie denken musste und mich nach ihr sehnte. Sie hatte mich mit einer Haut zu wenig zurückgelassen.

Ich seufzte tief, während ich noch immer die Straße hinunterlief und meinen Blick auf den Boden gerichtet hatte.

Ich war einfach nicht fähig, meine Dinge zu regeln. Immer wieder nahm ich mir fest vor, dieses und jenes in Angriff zu nehmen. Und dann ... klappte es doch wieder nicht. Ich wusste ja selbst, dass ich mich mehr um das, was um mich herum war, kümmern musste. Aber so viel Mühe ich mir auch gab, ich schaffte es einfach nicht.

Es war, als wollte man ein Ziel erreichen, eins, das andere für einen ausgesucht hatten, weil sie es für erstrebenswert hielten, und man strengte sich immer wieder an. Aber es war vergeblich. Man erreicht das Ziel nie.

„Huhu!“, rief eine Stimme, die ich kannte.

Ich hob den Kopf. Susi kam mir entgegengeeilt und schwenkte eine große Tüte.

„Gut, dass ich dich treffe! Ich konnte heute früher Feierabend machen. Und schau mal, was ich hier Schönes für dich habe.“

Sie strahlte wie ein Honigkuchenpferd am Weihnachtsbaum.

„Mein Kleid!“, sagte ich tonlos.

Könnte ich den Kauf doch nur rückgängig machen.

Ich bereute, dass ich so viel Geld dafür hinblättern musste.

„Kommst du auf einen Tee mit rein?“, fragte ich sie, mehr aus Höflichkeit, denn aus Lust auf Gesellschaft.

„Aber nur ganz kurz. Ich muss noch arbeiten.“

Wir stiegen die Treppe hoch und nachdem ich die Tür geöffnet und Susi mir die Tüte mit *meinem* Kleid in die Hand gedrückt hatte, regte sich doch Freude in meinem Inneren.

Auf die hundertvierzig Euro kommt es jetzt auch nicht mehr an, dachte ich trotzig.

„Früchte- oder Kräutertee?“, fragte ich.

„Weder noch. Nur drei Minuten plauschen.“

„Dann setz dich wenigstens.“

Wir nahmen am Küchentisch Platz.

„Was musst du denn noch arbeiten? Du hast doch Feierabend.“

„Nein, nein!“, sagte sie euphorisch. „Ich fange jetzt erst richtig an. Du weißt ja, dass ich Modedesignerin werden will.“

Ich nickte. Das erzählte sie mir fast jedes Mal, wenn wir uns sahen.

„Von meinem Ersparten habe ich mir eine neue Nähmaschine gekauft. Ein ganz modernes Ding. Die lasse ich jetzt jeden Abend und am Wochenende schnurren, um aus meinen Entwürfen Klamotten zu zaubern. Stell dir vor: Bald habe ich meine eigene Kollektion! Dann kann mein Chef mich mal kreuzweise!“

Sie sprang auf.

„Ich muss! Kannst du mir das Geld geben?“

Ich sprang auch auf, lief zur Kommode, wo ich die Scheine bereits hingelegt hatte, und reichte sie ihr.

„Du, das war echt lieb von dir“, sagte ich und umarmte sie.

„Ach, was. So viele Tassen Tee, wie ich schon bei dir getrunken habe“, lachte sie. „Da kann ich auch mal einen Teil meines Budgets opfern.“

Ich umarmte sie noch einmal.

„Es muss wunderbar sein, wenn man sich so für eine Sache einsetzt.“

Sie öffnete die Tür und hüpfte die Treppe hinunter.

„Du setzt dich doch auch für deinen Laden ein“, rief sie noch.

Dann fiel die Haustür zu.

Ich hatte die Kerzen angezündet, die Weinflasche von gestern auf den Tisch gestellt, einen Tee gekocht und das schöne Kleid angezogen. Prinz Rufus – ich hatte mir den Namen immer wieder vorgesagt, damit ich ihn nicht vergaß – könnte kommen. Aber es war erst zehn vor acht. Ich hatte noch eineinhalb Stunden Zeit.

Unruhig lief ich durch die Wohnung. Mir gingen die Worte von Ines und auch die von Susi nicht aus dem Kopf.

„Du setzt dich doch auch für deinen Laden ein", hatte sie gesagt.

Tat ich das? Nicht wirklich.

Ich muss etwas ändern!, nahm ich mir vor.

Aber nicht jetzt. Am Montag, wenn ich zu Simon in die Kanzlei ging, war auch noch Zeit dafür. Jetzt hatte ich etwas Besseres zu tun, als mir die Stimmung durch Probleme verderben zu lassen, die ich am Samstagabend sowieso nicht lösen konnte.

Ich ging ins Schlafzimmer, nahm das alte, mitgenommene Märchenbuch, schaute auf den Einband und schrie auf. Es war, als hätte der Scherenschnitt-Prinz seinen Kopf zu mir gedreht, um mich anzusehen. Als würde er hoffen, dass ich ihn rief, weil er unser Treffen genauso wenig erwarten konnte, wie ich.

Einen Moment später sah ich wieder nur sein Profil und wie er die Prinzessin küsste.

Ein schmerzliches Gefühl durchbohrte mich.

Die Prinzessin ...

Ich musste ihn unbedingt fragen, wie er zu ihr stand.

Da fiel mir ein, was er zu mir gesagt hatte: „Nelli ... seid *Ihr* diese Prinzessin?"

Wie kam er nur auf so eine Idee? Und wie gerne *wäre* ich sie gewesen.

Ob er früher erscheint, wenn ich unser Märchen lese?

Sollte ich das Risiko eingehen?

Was kann schon passieren, außer ... nichts?

Aber ich traute mich nicht, denn ich wollte keinen Fehler machen.

Wieder lief ich vom Schlafzimmer ins Wohnzimmer und zurück.

Ich ließ mich auf dem Bett nieder und fuhr mit dem Finger über den Scherenschnitt. Das Buch war das einzige Verbindungsstück, das ich zu Prinz Rufus hatte. Und es war sicher mehr als hundert Jahre alt. Seltsam, dass es hinten im Regal versteckt gewesen war.

Als hätte es sich mir jetzt erst zeigen wollen ...

Bei diesem Gedanken angelangt, bekam ich eine Gänsehaut. Womöglich verbargen sich hier noch mehr Geheimnisse? Unter dem Haus gab es einen uralten Gewölbekeller, in dem ich mich als Kind gegruselt hatte. Seitdem hatte ich ihn nie mehr betreten. Vielleicht sollte ich mal hinabsteigen?

Ich schüttelte mich bei dem Gedanken.

Gäbe es Geheimnisse, hätte Tante Klara sie mir sicher verraten.

Ich sah wieder auf das Märchenbuch. Sollte ich einfach weiterlesen? Wenn noch nicht die richtige Zeit gekommen war, würde eben nichts passieren und ich würde dann warten bis später.

Mein Herz klopfte bis zum Hals. Es fühlte sich an, als würde ich etwas Verbotenes tun, als ich das Buch aufschlug und zu der Seite blätterte, an der das letzte

Mal der Prinz erschienen war.

Die Alte schaute auf die Münze in des Edelmanns Hand.

„Nein, Herr“, sagte sie.

„Verratet mir Euer Geheimnis und es soll Euch nicht reuen!“

Die alte Frau wiegte den Kopf hin und her. Sie wollte dem Mädchen keinen Schaden zufügen, das noch kein einziges Mal die Augen aufgeschlagen hatte, denn von erster Stunde an hatte es immer nur geschlafen.

„Ich darf Euch mein Geheimnis nicht verraten, edler Herr“, flüsterte sie und sah sich um, ob nicht just in diesem Moment die Königin in den schmalen Weg einbog. „Aber ich werde Euch ein Rätsel aufgeben. Sobald Ihr dieses löst, wird Euch ein Geheimnis offenbart. Hört genau hin: Wie tötet man einen Riesen und muss doch nicht die Königstochter heiraten?“

Sprach's, drehte sich um und lief geschwind davon.

Als am nächsten Morgen der Prinz im Schloss ankam, war es der Geburtstag der Königstochter. Man jubelte, als man ihn sah, denn er sollte der Gemahl der Prinzessin werden. Doch die Königin hatte die Weissagung der alten Hutzelhexe stets im Ohr und so brachte sie die Prinzessin zur Höhle des Riesen, öffnete die schwere Holztür, gab dem armen

Mädchen, das nicht wusste, wie ihm geschah, einen Tritt und verschloss die Tür.

Sodann rannte sie zurück zum Schloss und schrie: „Die Prinzessin ist vom Riesen gefangen worden. Zu Hilfe, Prinz! Ihr müsst sie retten!“

Es wurde kalt im Zimmer. Eisig kalt. Die Kerzen flackerten und erloschen.

Das Buch rutschte mir aus den Händen und landete auf dem Boden.

Eine junge Frau stand vor mir. Sie trug ein langes hellblaues Kleid mit bauschigen Ärmeln, das in mehreren Volants nach unten fiel. Es sah sehr kostbar aus. Ihr dunkelblondes Haar hing ihr in Korkenzieherlocken bis über die Schultern. Auf dem Kopf trug sie einen Hut mit Federn und um den Hals eine Kette aus funkelnden Steinen.

Hochmütig sah sie auf mich herab.

„Sieh an, die Dienstmagd, die meinem zukünftigen Gemahl den Kopf verdrehen will“, sagte sie mit einer sehr hohen Stimme.

„Wer bist du?“, stieß ich hervor.

Das Mädchen ließ ein perlendes Lachen hören.

„Wer?“, fragte sie und machte eine Pause. „Wer von niederem Stand erlaubt sich, mich, Prinzessin Sofie Alexandrine Erdmuthe Auguste von Beauvrye, zu duzen?“

Die Prinzessin! So also sah die Zukünftige des Prinzen aus. Ich spürte, wie meine Kehle ganz eng wurde und wie zwei Gefühle in mir hochstiegen: Schuldgefühle, weil ich mich in den Mann, der einer anderen gehörte, verliebt hatte, und Wut darüber, dass sie von meiner Existenz wusste. Das konnte doch nur er ihr verraten haben.

Ich atmete tief durch, um meine Gefühle in den Griff zu bekommen und meine Stimme unter meine Gewalt.

„Cornelia Anna Maria Josefa von Fleming“, fauchte ich, als ich meinen Namen kurzerhand um die meiner Mutter und meiner Großtante ergänzte und ein Adelsprädikat dazwischenschummelte.

Ich erhob mich vom Bett und stellte zufrieden fest, dass ich die Prinzessin um eine halbe Kopflänge überragte.

„Welchen Titel tragt Ihr?“, fragte sie, nun eine Spur freundlicher.

„Baroness“, nannte ich das Erste, das mir einfiel. „Baroness von Fleming.“

Sie musterte mich von oben bis unten.

„Eine kleine Baroness also. Nun ja. Ihr steht dennoch im Rang weit unter mir.“

Wieder stieß sie ein perlendes Lachen aus.

„Euer ärmliches Kleid und die einfache Schlafstube zeigen, unter welchen erbärmlichen Umständen Ihr hausen müsst.“

Ärmliches Kleid, einfache Schlafstube, erbärmliche Umstände?

Diese Prinzessin war alles andere als von feinem Geblüt.

„Wie kommt Ihr hierher und was wollt Ihr von mir?“, fragte ich frostig.

„Mein zukünftiger Gemahl, Prinz Rufus, lässt Euch ausrichten, dass Ihr es unterlassen sollt, ihn zu Euch zu rufen. Er hat andere Verpflichtungen.“

Was wusste sie von mir und dem Prinzen? Kannte sie das Rätsel? Wie hatte sie es geschafft, statt seiner in meinem Schlafzimmer zu landen?

Mein Herz klopfte heftig.

So ruhig wie möglich sagte ich: „Das soll der Prinz mir selbst ausrichten.“

„Baroness, Ihr vergesst Euch!“, sagte die Prinzessin hochmütig. „Es ziemt sich nicht, dass Ihr Euch mir gegenüber in dieser Art äußert. Zudem habt Ihr mich mit ‚Eure Hoheit‘ anzusprechen. Habt Ihr keine anständige Erziehung genossen, meine Gute?“

Nun sah ich sie von oben herab an. Langsam wurde es mir zu bunt mit ihr. Sie war schließlich in meinem Jahrhundert gelandet und nicht ich in ihrem.

„In diesem Land gibt es weder ...“

Sie unterbrach mich.

„Wartet, bis ich zu Ende gesprochen habe. Mein zukünftiger Gemahl, Prinz Rufus, befindet sich auf einem Kampfeszug. Der Riese hat mich gefangen genommen und so ist der Prinz auf dem Weg, ihn zu töten und mich zu befreien."

„Wie soll das angehen? Ihr könnt doch nicht vom Riesen gefangen genommen und gleichzeitig hier bei mir sein!", wandte ich ein.

Die Prinzessin zog nur arrogant eine Augenbraue nach oben.

„Was ich kann, muss Eure Sorge nicht sein. Denkt lieber daran, dass Ihr den Prinzen in große Gefahr brächtet, würdet Ihr ihn zu Euch rufen. Deshalb werdet Ihr das unterlassen!"

Ich richtete mich ganz gerade auf. Dann tat ich es ihr nach und zog auch eine Augenbraue hoch.

„Woher weiß ich, dass Ihr die Wahrheit sagt, Hoheit?"

Sie reckte sich ebenfalls. Trotzdem reichte sie mir nicht einmal bis zur Nasenspitze.

„Eine Prinzessin von Geblüt lügt nicht! Das scheint eine kleine Baroness nicht zu verstehen. Ihr werdet tun, was ich Euch befehle, wenn Ihr das Leben des Prinzen nicht in Gefahr bringen wollt!"

Während sie die Worte aussprach, begann sie sich aufzulösen. Das Letzte, was ich von ihr wahrnahm, war ihr drohender Gesichtsausdruck.

Schock!

„Tränen reinigen das Herz.“
Fjodor Michailowitsch Dostojewski

Mit geballten Fäusten stand ich da und fluchte. Ich fluchte, wie ich es noch nie in meinem Leben getan hatte. Es kamen böse Wörter aus meinem Mund, von denen ich gar nicht gewusst hatte, dass ich sie überhaupt kannte.

Was, bitte schön, war das gerade gewesen?

Und was, bitte schön, sollte ich jetzt tun?

Ich hatte keine Ahnung. Googeln ging nicht. Was hätte ich denn eingeben sollen? Etwa: „Wie nehme ich Kontakt zu einer Märchenfigur auf?“ Es gab auch niemanden, den ich hätte fragen können. Mein Geheimnis kannte ja keiner. Und selbst wenn: Derjenige würde doch sofort den Notarzt rufen.

Ich sah auf die Uhr. Die Prinzessin war nach acht aufgetaucht. Jetzt war es halb neun Uhr. Also war sie sicher nicht länger als zwanzig Minuten hier gewesen und bei ihr schienen andere Regeln zu gelten. Wer hatte die gemacht? Die alte Frau? Die Prinzessin hatte keinen Ton von ihr gesagt. Womöglich war es die alte Frau, die ihr alles gesteckt hatte, und gar nicht Rufus?

Ich spürte, wie mein Herz bei diesem Gedanken leichter wurde. Hatte die Prinzessin überhaupt die Wahrheit gesprochen? Oder war es die Eifersucht, die sie zu mir getrieben hatte? Aber selbst wenn es nur die Eifersucht war ... Der Prinz war *ihr* Zukünftiger. Nicht meiner!

„Nelli ... seid *Ihr* diese Prinzessin?“

Bedeutete diese Frage des Prinzen denn nicht, dass noch gar keine Entscheidung gefallen war? Im Märchen war er gerade auf dem Weg zu ihr, um sie zu retten.

Nelli Fleming! Wie sollen ein Mensch und eine Märchenfigur zusammenkommen können?

Ich ignorierte diesen Gedanken und zermarterte mir weiter das Gehirn. In knapp einer Stunde würde ich eigentlich das Märchen anlesen, damit er vor mir stünde. Eigentlich ... Doch jetzt zweifelte ich, ob das eine gute Idee war. Wenn es stimmte, dass er gerade den Riesen suchte und plötzlich von mir aus dem Buch gerufen wurde ... was würde geschehen?

Ihm sicher nichts.

Denn er war dann ja hier. Doch was war mit der Prinzessin? Würde ihr der Riese etwas Böses antun, wenn kein Retter nahte?

Daran wäre ich schuld ...

Aber stand es überhaupt in meiner Macht, ein Märchen zu verändern? Oder überschätzte ich mich gerade ganz gehörig?

Ich will doch nur ...

Ja, was genau wollte ich denn? Dass der Prinz sich in mich verliebte? Dass er *mich* rettete? So, wie er im Märchen gleich die Prinzessin retten würde ...

Wenn ich doch jemanden fragen könnte.

Die einzige Person, die sich bestens mit Märchen auskannte, war jedoch ich selbst. Und ich wusste im Moment nichts. Rein gar nichts.

Aber es gibt doch jemanden, der noch mehr über Märchen weiß, als du!

Simon!

Ich ging zu meiner Tasche, griff in das Seitenfach und holte seine Visitenkarte heraus. Auf der Rückseite hatte er seine Handynummer notiert. Es wäre ein Leichtes, ihn anzurufen und zu fragen, was ich tun sollte ...

In meinem schönen neuen Kleid, mit dem ich den Prinzen beeindrucken wollte und über das die Prinzessin sich so abfällig geäußert hatte, lief ich durch die Wohnung und spürte, wie ich im Gefängnis meiner Gedanken und Gefühle eingesperrt war.

Es gab keinen Ausgang und keine Lösung, nicht einmal diejenige, Simon anzurufen. Wie sollte ich ihm erklären, was bei mir gerade geschah, noch dazu nach dem peinlichen Gespräch, das wir im Café geführt hatten.

Ich hörte die Glocke des Kirchturms schlagen.

Obwohl ich wusste, dass es neun Schläge sein würden, zählte ich dennoch mit.

Dann lief ich ins Schlafzimmer, holte das Märchenbuch und ließ mich auf das Sofa fallen, genau auf den Platz, auf dem der Prinz immer saß.

Ich legte das Buch vor mich auf den Tisch und fixierte den Sekundenzeiger meines Weckers den ich daneben gestellt hatte. Er sprang in atemberaubendem Tempo über das Ziffernblatt und meine Füße trippelten auf dem Boden, als wollten sie wegrennen. Doch mein Hintern blieb stur sitzen. Ich fühlte mich in zwei Teile gerissen.

21.06 Uhr!

Ließ ich den Prinzen im Stich, wenn ich nicht las? Er konnte nur hierherkommen, sobald ich es tat und dass er kommen wollte, war doch eindeutig. Oder?

„Nelli ... seid *Ihr* diese Prinzessin?"

„Die alte Frau sagte, Ihr wäret für mich ..."

Das waren die beiden Sätze, an denen ich mich festhielt wie eine Ertrinkende an einem Stück Holz, das im Wasser trieb.

Hätte er mir die Frage gestellt und den Satz, den ich zu gerne mit etwas Wunderschönem beenden würde, wenn er nicht auch Gefühle für mich hätte?

Vielleicht ist die Prinzessin ja gar nicht diejenige, die für ihn bestimmt ist?

Ich zog das Buch zu mir her, um es aufzuschlagen und zu lesen, wie es weiterging.

Doch dann schob ich es wieder weg.

Wer weiß, wer als Nächstes erscheint, wenn ich zur falschen Zeit lese? Womöglich der Riese? Die alte Frau? Die böse Stiefmutter?

Ich musste zumindest bis 21.21 Uhr warten.

Aber brachte ich nicht die Prinzessin in Gefahr, sobald ich las? Oder wurde die Zeit im Märchen angehalten, wenn Rufus bei mir war? Wie war es der Prinzessin gelungen, gleichzeitig in der Höhle des Riesen und hier in meiner Wohnung zu sein? Ein Hexenzauber? Und könnte der Prinz das nicht auch? Gleichzeitig mit dem Riesen kämpfen *und* bei mir sein?

Willst du wirklich riskieren, dass ihm unter diesen Umständen etwas passiert?

Nein, das wollte ich nicht!

Ich hätte mir die Haare raufen können, während die Gedankenachterbahn in meinem Kopf weitere Loopings drehte und mich fast irre machte.

Hatte die Prinzessin mich belogen, als sie sagte, der Prinz habe sie geschickt?

Hatte sie die Wahrheit gesprochen, weil Rufus sich beim Kampf mit dem Riesen nicht stören lassen wollte?

Ich starrte weiter auf den Sekundenzeiger und beobachtete, wie er die nächste Runde drehte.

21.18 Uhr!

Himmelherrgottnochmal! Was soll ich bloß tun?

21.20 Uhr!

Die Zeit raste, mein Herz ebenfalls.

Was soll ich bloß tun? Was soll ich bloß tun?

Plötzlich erschien mir die ganze Geschichte so irreal. Hatte ich das alles nur geträumt? Oder war ich doch verrückt geworden? Spielten sich die Geschehnisse der letzten Tage vielleicht nur in meinem Kopf ab?

Ich zog das Märchenbuch zu mir her.

Noch 30 Sekunden ...

Ich durfte jetzt keinen Fehler machen.

Noch 20 Sekunden ...

Es ging nicht, dass ich die Prinzessin dem Riesen aus meinem Egoismus heraus auslieferte.

Noch 10 Sekunden ...

Aber ich will Rufus doch sehen! Ich will!

Noch fünf ...

Deswegen kannst du die Prinzessin trotzdem nicht dem Riesen überlassen.

Vier ...

Drei ...

Zwei ...

Eins ...

Ich packte das Buch und schob es ganz weit weg.

Du wirst morgen Abend das Märchenbuch aufschlagen und weiterlesen, bis er kommt!

Mit diesem Satz hatte ich mich in den Schlaf

geflüchtet, nachdem ich mein Kleid auf einen Bügel gehängt und mir die Decke über den Kopf gezogen hatte.

Doch jetzt hatte mich das Klingeln des Telefons aus dem Schlaf geholt. Im gleichen Moment fiel mir wieder alles ein und mein Herz wurde so schwer, dass es sich anfühlte, als würde es einen Zentner wiegen.

Obwohl ich gar nicht rangehen wollte, streckte ich trotzdem den Arm aus und meldete mich.

„Hallo?“

„Hast du Lust, mit mir frühstücken zu gehen?“

Es war eine Männerstimme, die mir fremd war.

„Mit wem spreche ich?“

„Pardon. Ich bin es, Simon.“

Oh, nein!

Ich hüstelte, als hätte ich einen Frosch im Hals.

„Entschuldige, habe ich dich etwa geweckt?“

„Ja.“

„Dann schlaf mal schön weiter. Ich melde mich später wieder. Ciao.“

Mit diesen Worten legte er auf.

Ich rieb mir über die Augen, setzte mich hin und sah mich im Zimmer um. Irgendwie hatte ich das Gefühl, beobachtet zu werden. Für einen winzigen Moment hoffte ich, der Prinz würde im Ohrensessel sitzen.

Aber es war niemand da.

Leider ...

Ich schlurfte in die Küche und machte mir einen Tee. Mit der Tasse in der Hand stellte ich mich an das Sprossenfenster und sah hinaus. Die Dächer waren mit Schnee überzuckert und auch die Bäume und die Straße vorm Haus waren weiß. Das sah märchenhaft aus.

Ich drehte mich um, ging langsam ins Wohnzimmer und blickte auf die Couch. Hier hätte er gesessen. Wenn ... ja, wenn ich gestern gelesen hätte.

Ich werde heute Abend das Märchenbuch aufschlagen und weiterlesen. Komme, wer oder was da wolle!

Ich lehnte Simons Einladung ab. Es fühlte sich seltsam an, dass er so viel über mich wusste und dass ich gestern wie ein Häufchen Elend dagesessen hatte, machte es auch nicht besser.

„Ich fühle mich nicht gut“, entschuldigte ich mich. „Morgen sehen wir uns ja sowieso.“

„Kein Problem“, meinte er. „Dachte, du könntest ein wenig Aufmunterung gebrauchen. Ich wünsche dir einen schönen Sonntag. Und Nelli ... vielleicht schaust du mal, ob du in deiner Wohnung etwas von Wert findest, von dem du dich leichten Herzens trennen kannst.“

„Ich glaube nicht, aber ja, ich schau mal.“

„Vielleicht liegt in deinem Keller ja ein Schatz versteckt“, lachte er.

Die nächste Stunde verbrachte ich, an zwei dicke Kissen gelehnt und mit einem heißen Tee in der Hand, auf meinem Sofa. Wieder zerbrach ich mir den Kopf über den Prinzen und die hochnäsige Prinzessin. Ob er sie gestern gerettet hatte?

Als ich merkte, dass ich nicht weiterkam, weil meine Gedanken sich sowieso nur im Kreis drehten, stand ich auf und ging ins Bad.

Unter der Dusche musste ich wieder an den letzten Satz denken, den Susi mir gestern zugerufen hatte: „Du setzt dich doch auch für deinen Laden ein.“

Ich trocknete mich ab und ging durch meine Wohnung. Da gab es die hübsche Nussholz-Kommode mit den Intarsien, den ausladenden Esstisch mit den sechs Stühlen, den ich nie benutzte, die Anrichte, die kleinen Beistelltische, den großen Schlafzimmerschrank, das Himmelbett und natürlich das Sofa ... Alles Antiquitäten, die sicher einen guten Preis erzielen würden. Aber bei dem Gedanken, die Möbel, die schon seit Generationen in meiner Familie waren, zu verkaufen, war es, als würde jemand einen Dolch an meinem Herzen ansetzen.

Alles verlieren oder nur einen Teil?

Ich holte die Schmuckschatulle aus der Kommode und schaute hinein. Eine Granatbrosche, einen Ring, eine Taschenuhr, eine Goldkette ... Auch hier lauter antike Stücke.

„So etwas verkauft man nicht!“, hatte Tante Klara gesagt. „So etwas vererbt man an seine Kinder.“

Aber selbst, wenn ich alles verkaufte, um meine Schulden zu begleichen, war das Problem mit Books & more noch nicht erledigt. Ich würde meine Möbel und den Schmuck verlieren, am Ende vielleicht doch ausziehen müssen und ganz ohne etwas dastehen.

Ich würde sterben ...

„Vielleicht liegt in deinem Keller ja ein Schatz versteckt“, hatte Simon gesagt.

Aber wenn es so wäre ... hätte Tante Klara dann einen Kredit aufgenommen?

Vielleicht wusste sie es ja nicht?

Ich zog einen warmen Jogginganzug an und ... Ich wollte es nicht. Ich wollte es wirklich nicht, denn bei dem Gedanken graute es mir vor den Spinnweben und den Tieren, die sich dort aufhalten würden. Selbst meine Tante war in den letzten Jahren nicht mehr hinabgestiegen, weil es ihr zu mühsam war.

„Wir kennen Mittel und Wege, Ihnen alles zu nehmen“, hatte der schreckliche Mann prophezeit.

Bei der Erinnerung daran, dass er sich in meinem Laden aufgeführt hatte, als würde er ihm schon gehören, schoss so viel Wut in mir hoch, dass sich meine Füße von alleine in Bewegung setzten.

Ich ging in die Küche, holte eine Taschenlampe und verließ die Wohnung.

Das Geheimnis im Keller

„Keine andere Dichtung versteht dem menschlichen Herzen so feine Dinge zu sagen, wie das Märchen.“

Johann Gottfried von Herder

Auf Zehenspitzen schlich ich die Treppe hinunter. Ich hielt mich an der Wand fest, um auf dem glatten Stein, der in der Mitte ganz ausgetreten war, nicht auszurutschen. Mein Herz klopfte zum Zerspringen, als ich unten ankam und vor der massiven Tür aus dunklem Holz stand.

Zögernd steckte ich den großen Schlüssel ins Schloss und drehte ihn langsam um. Einmal, zweimal. Dann sprang die Tür auf. Ich wollte auf den Lichtschalter drücken, doch mir fiel ein, dass es so ein alter schwarzer Drehschalter war. Er ließ sich nicht bewegen.

Ich machte die Taschenlampe an, leuchtete in den großen Raum und hüpfte vor Schreck einen Schritt zurück, rutschte aus und landete mit den Knien auf der Schwelle.

Schnell rappelte ich mich wieder hoch und rieb mir über die Beine, um den Schmerz zu vertreiben. Ich traute mich nicht, richtig zu atmen, weil mir aus dem Keller Modergeruch entgegenschlug. Rasch zog ich das Oberteil des Jogginganzugs so weit nach oben, dass meine Nase bedeckt war.

Dann leuchtete ich wieder hinein.

Wie ich es befürchtet hatte, war alles voller Spinnweben. Die alten Kisten, die dort standen, das kaputte Rad, das ich als Kind gefahren hatte, verschiedene Gegenstände, bei denen ich gar nicht beurteilen konnte, was es eigentlich war. Und natürlich hingen die Spinnweben auch von den Decken herunter.

Ich schüttelte mich.

Da kann ich nicht reingehen ...

Ich schlug die Tür zu, drehte um und lief, so schnell es möglich war, die Stufen nach oben.

Eine Stunde später hatte ich mich wieder gefangen. In einer Aufmachung, die jeden Einbrecher in die Flucht geschlagen hätte, startete ich einen zweiten Versuch.

Um den Kopf hatte ich mir ein Tuch gewickelt, das auch gleich noch meine Nase bedeckte. Ich war in ein langes Regencape geschlüpft, dessen Kapuze ich über das Tuch gezogen hatte. An den Händen trug ich gelbe Haushaltshandschuhe, meine Füße steckten in bunten Gummistiefeln. Zur Sicherheit hatte ich noch eine Sonnenbrille aufgesetzt, damit mir nichts in die Augen fallen konnte.

Ich hatte einen Besen dabei, den ich mit einem Putzlappen umwickelt hatte und um den Kopf trug ich eine Stirnlampe.

Auf in den Kampf, murmelte ich.

Ich öffnete die Tür, richtete die Lampe auf den Lichtschalter und dieses Mal schaffte ich es, ihn so umzudrehen, dass es hell wurde.

Bravo! Schritt eins hast du geschafft.

Ich streckte den Besen hoch in die Luft und fegte die Spinnweben weg. Bis ein wahres Prachtexemplar auf acht Beinen auf mich zurannte, als wollte es mich angreifen, und ich schreiend die Flucht ergriff.

Die hat vor dir mehr Angst als du vor ihr, versuchte ich, mich mit dem Standardspruch meiner Tante zu trösten.

Nützte aber nichts.

Trotzdem hatte ich keine Wahl, als wieder hineinzugehen. Mein Kampfgeist war geweckt.

Mit der Taschenlampe leuchtete ich die Lücken und Ecken ab, obwohl mir der Gedanke an die Tiere, die ich dadurch aufscheuchen könnte, eine Gänsehaut bereitete.

Es wird Tage dauern, bis ich alles angesehen habe.

Es kam mir vor, als sei der Keller größer als der Grundschnitt des Hauses. Aber wahrscheinlich lag das an dem hohen Gewölbe. Ich ging noch ein Stück tiefer hinein und schob mit dem Besen ein Laken zur

Seite. Dahinter war eine Holztür, die mit einem Querbalken und einem Schloss gesichert war.

Die Absicherung machte mich neugierig und sorgte gleichzeitig für Angst. Was steckte hinter dieser Tür?

Ich packte den Riegel und versuchte, ihn aufzuschieben. Er rührte sich keinen Millimeter. Nach zehn Minuten gab ich auf. Ich schaute noch in die Lücken, die ich bisher außer Acht gelassen hatte und nachdem das Interessanteste, was ich fand, alte leere Koffer waren, gab ich auf und machte mich auf den Weg nach oben.

Den Rest des Tages verbrachte ich damit, mir Gedanken um meine Zukunft zu machen. Ich hatte den vorhandenen Warenwert überprüft und die monatliche Abrechnung gemacht, obwohl erst der 20. war. Bisher war der Dezember prima gelaufen, aber wenn ich an den Januar dachte, wurde mir angst und bange. Nach dem Weihnachtsgeschäft kam jedes Jahr der finanzielle Einbruch.

Als ich auf die Uhr schaute, war es acht Uhr vorbei und mein Herz machte einen Sprung. Bis jetzt hatte ich mich erfolgreich von dem bevorstehenden Treffen mit dem Prinzen abgelenkt. Doch nun war in meinem Kopf kein Platz mehr für etwas anderes.

So, wie gestern Abend auch, stellte ich den

Rotwein mit zwei Gläsern auf den Tisch, zog mein neues Kleid an, fand es noch immer wunderschön, kochte einen Tee und zündete die Kerzen an. Als ich fertig war, setzte ich mich auf das Sofa, zog die Beine hoch und nahm das Buch in die Hand.

Ich streichelte über den Einband und wünschte mir, dass ich die Frau wäre, die der Prinz küsste. Wie seine Lippen sich wohl anfühlten? Wie seine Hände auf meiner Haut? Und wie wäre es wohl, wenn er mich fest in die Arme nehmen würde?

Ein angenehmes Prickeln lief über meinen ganzen Körper.

Rufus war ein wirklich reizvoller Mann. Dass unter seinem weiten Umhang starke Muskeln versteckt waren, hatte ich bereits fühlen können ...

Ich schloss die Augen und stellte mir vor, dass er mir das Kleid über die Schultern streifte und mich überall am Körper küsste. Mir wurde warm. Ziemlich warm.

Da schlugen die Kirchenglocken. Neun Mal. Es würde nicht mehr lange dauern, und ich konnte ihn endlich herbeilesen.

Ich sprang auf und lief unruhig durch das Zimmer.

Hoffentlich kommt er!

In Märchen besiegten die Prinzen ihre Gegner immer, egal, ob es sich um Drachen oder Riesen handelte. Also musste ich mir darum keine Sorgen machen. Oder?

Ich setzte mich wieder hin, fixierte den Wecker mit meinem Blick und zählte die Minuten. Heute drehten sich die Zeiger viel zu langsam.

Er wird kommen. Er wird kommen. Er wird kommen.

Es konnte gar nicht anders sein, als dass er kam. Wozu sonst wäre er die vorhergehenden dreimal bei mir aufgetaucht, wenn das Märchen jetzt nicht weiterging?

Dann endlich war es so weit. Ich schlug das Buch auf und las.

Der Prinz machte sich alsbald auf den Weg. Als er zur Höhle kam, öffnete sich die Tür, der Riese trat heraus und lachte, als er den Königssohn, der ihm nicht einmal bis zum Knie reichte, sah.

Der Prinz aber war schlau und kämpfte erst gar nicht mit dem großen Kerl, sondern verwickelte ihn in ein Gespräch.

„Zeigt mir, ob Ihr auch klug oder nur ein dummer Fleischkoloss seid!“

Er stellte dem Riesen Frage um Frage und weil dieser sich vor dem Zwerg keine Blöße geben und als Dummkopf dastehen wollte, kam ihm schon bald Rauch aus den Ohren und trübte ihm den Blick.

Das nutzte der Prinz, nahm seine Schleuder, zielte auf die Stelle zwischen den Augen des Riesen und schlug ihn mit einem gewaltigen Wurfstein tot.

Als der Riese fiel, erwischte er den Prinzen so

unglücklich mit seiner Hand, dass er ihn damit umschlug.

Von dem lauten Disput und dem Krach des fallenden Riesen angelockt, kam ein Holzfäller angerannt. Er ging in die Höhle, um sich an den Sachen des Riesen gütlich zu tun und erblickte alsbald die blondgelockte Königstochter, die ohnmächtig in einer Ecke auf dem Boden lag. Da kniete er neben ihr nieder und weckte sie auf.

Als sie die Augen aufschlug, war er der Erste, den sie sah, nachdem sie vor dem Riesen gerettet wurde, und sie entbrannte in Liebe zu ihm. Genauso, wie es die weise Frau im Wald vorhergesagt hatte. Die Prinzessin nahm die Hand des Holzfällers, führte ihn heim zum Schloss und sagte: „Das wird mein geliebter Ehemann sein.“

Der Prinz aber, der inzwischen aufgewacht war und Kunde davon erhielt, war gar nicht traurig. Denn er hatte das Rätsel und zugleich seine Aufgabe gelöst, die ihm die alte Frau genannt hatte: „Wie tötet man einen Riesen und muss doch nicht die Königstochter heiraten?“

Er stieg auf sein Pferd und machte sich auf den weiten Weg zum Turm.

„Ich habe den Riesen erschlagen. Jetzt werdet Ihr das Geheimnis lüften“, sprach er zu der Frau.

„Wohl getan, edler Herr. Aber Ihr habt zuerst ein weiteres Rätsel zu lösen und Euch wird sich das Geheimnis offenbaren. Höret gut hin: Wie tötet man

einen Riesen, ohne ihn umzubringen?

„Frau, Ihr sprecht recht viel über das Töten."

„Ihr seid ein hochwohlgeborener Herr. Da dürfte Euch das Töten nicht fremd sein. Aber passt auf: Dieses Rätsel findet in der anderen Welt statt. Ihr wisst schon, in welcher. Ein schönes Fräulein wird Euch dabei zur Seite steh'n.

Sprach's, drehte sich um und ging davon.

An dieser Stelle angelangt, fegte der Wind durch mein Zimmer, aber er war nicht kalt. Die Kerzen erloschen. Und dann ... nachdem mir das Buch aus den Händen gerutscht war, stand er vor mir. Schön, wie eh und je, und sah mich mit seinen warmen braunen Augen an.

Sofort beugte er ein Knie vor mir, streckte seine Hand aus, ich legte meine hinein und er hauchte einen Kuss darauf. Aber er ließ sie nicht los.

„Nelli!", sagte er und versenkte seinen Blick in meinen.

Dieser Blick war so intensiv ... Und dann noch der leichte Druck seiner Hand ... Mir lief eine Gänsehaut über den Rücken.

„Warum habt Ihr mich gestern nicht gerufen?", fragte er und in seiner Stimme war ein tadelnder Unterton.

„Aber Ihr musstet doch gegen den Riesen kämpfen!", rief ich aus. „Die Prinzessin hat gesagt, ich dürfe Euch nicht rufen, um Euch nicht zu gefährden!“

„Ihr habt die Prinzessin getroffen?“

Er sah mich ungläubig an.

„Ja ...“, sagte ich leise. „Weil ... ich konnte es nicht erwarten, Euch zu sehen ... und ... ich habe zur Unzeit gelesen.“

Der Druck seiner Hand verstärkte sich.

„Ist es erlaubt, dass ich neben Euch Platz nehme, edles Fräulein?“, fragte er.

Sofort rutschte ich zur Seite.

Kaum hatte er sich gesetzt, ging eine Wärme von seinem Körper aus, die mir fast die Sinne raubte.

Dieser Duft ... dieser sinnliche Duft nach Moschus und Sandelholz ...

Ich schloss die Augen, um die Nähe des Prinzen zu genießen und alles in mir aufzunehmen, damit ich es nie mehr wieder vergessen konnte.

Da berührte er meine Hand, streichelte über jeden meiner Finger und ein Prickeln, das leicht und doch so herrlich intensiv war, ging durch meinen Körper.

Leise stöhnte ich auf und schlug augenblicklich die andere Hand vor den Mund.

Der Prinz grinste mich an. Es war ein siegessicheres, ein selbstbewusstes Lächeln, das mir eine Welt voller leidenschaftlicher Gefühle und Sinnlichkeit versprach.

Es haute mich fast um.

„Nelli ...“

Er sagte nur dieses eine Wort.

Aber es klang, als hätte er mir ein sehnsuchtsvolles Herz zu Füßen gelegt.

„Ja?", hauchte ich.

Ich hätte mich auf der Stelle in seine Arme sinken lassen können und hätte auch ihn umarmt, auf dass er nie mehr von mir gehen würde.

„Ihr seid über alle Maßen schön."

Er nahm meine Hand und hielt sie fest, als wollte auch er mich nie mehr loslassen.

Doch dann zog er seine Hand weg und rückte von mir ab. Es waren keine drei Zentimeter, aber es fühlte sich an, als hätte er mich zurückgestoßen.

„Jetzt ist nicht die Zeit dafür, Nelli", sagte er mit fester Stimme. „Es gilt, heute noch ein Rätsel zu lösen. Doch sprecht zuerst davon, was die Prinzessin zu Euch gesagt hat. Vielleicht ist es von Wichtigkeit."

Am liebsten hätte ich laut aufgeschrien vor Enttäuschung. Doch dann riss ich mich zusammen und schilderte ihm mit wenigen Worten die Begegnung.

„Habt Ihr sie gerettet?", fragte ich abschließend.

„Ja."

„Müsst Ihr sie jetzt heiraten?"

„Aber Nelli, Ihr habt es doch soeben gelesen. Ich bin noch einmal davongekommen."

Bei diesen Worten lachte er so befreit auf, als sei ihm das größte Glück widerfahren.

„Nun lasst uns gemeinsam das zweite Rätsel

lösen. Die Zeit drängt. Höret, wie es lautet: ‚Wie tötet man einen Riesen, ohne ihn umzubringen?' Habt Ihr eine Meinung dazu, um welchen Riesen es sich handelt? Mir dünkt, es geht um den Menschen, der Euch bedroht!"

Bei diesen Worten war er aufgesprungen und ich sah, dass er wieder seinen Degen an der Seite hängen hatte.

„Ihr müsst ihn hierherlocken."

Ich schüttelte vehement den Kopf und er hob beschwichtigend seine Hände.

„Ich weiß, ich darf ihm nicht das geben, was ihm zusteht. Aber er braucht die feste Stimme eines Mannes, der ihm zeigt, wo seine Grenzen sind!"

„Das würde ich zu gerne tun, denn der Mann ist wirklich überaus unangenehm. Ich glaube jedoch nicht, dass er sich um diese Zeit hierherbegibt."

„Dann müsst Ihr mich zu einer anderen Uhrzeit aus dem Buch lesen!"

Ich dachte an die Begegnung mit der Prinzessin. Auf eine Wiederholung legte ich keinen Wert.

„Aber Prinz, Ihr wisst doch ..."

„Die Prinzessin wird Euch nicht mehr behelligen. Sie wird dieser Tage gegen den Willen ihrer ehrgeizigen Mutter vermählt. Jedoch soll das nicht unsere Sorge sein. Ihr müsst mir eine Uhrzeit nennen. Ich werde mich bereithalten."

„Und wenn es nicht klappt?", fragte ich skeptisch.

„Wir müssen es versuchen. Also: Wann soll ich

erscheinen?“

Ich überlegte. Das letzte Mal war der schreckliche Mann unangemeldet aufgetaucht, um mich mit seinem Besuch zu überrumpeln. Wenn ich morgen früh gleich bei Books & more anriefe, könnte ich ihn vielleicht zu einer bestimmten Uhrzeit herbestellen. Doch ob jemand wie er sich so kurzfristig freimachen konnte? Oder – besser gesagt – wollte?

„Ich muss es versuchen. Aber es gibt keinen verbindlichen Termin.“

Ratlos sah ich den Prinzen an.

Die Wahrscheinlichkeit seines Besuches erhöhte sich, wenn die Uhrzeit weiter hinten am Tag lag, so dass der schreckliche Mann andere Pläne verschieben konnte. Ich musste ihm natürlich einen stichhaltigen Grund nennen.

Ich werde ihn belügen!

„Um fünf!“, sagte ich zum Prinzen. „Ich werde Euch kurz vor fünf Uhr herauslesen. Sagen wir, viertel vor.“

„Dann soll es so sein, verehrte Nelli!“

Er sah mich mit einem undefinierbaren Blick an. Ob er Pläne schmiedete, wie er „den Riesen töten konnte, ohne ihn umzubringen“? Wie sollte so etwas angehen?

„Wie trifft man einen Mann wie ihn ins Mark, ohne ihn dafür auch nur berühren zu müssen?“, murmelte ich. „Wenn ich nur Geld hätte. Das ist die Sprache, die er versteht!“

Der Prinz ballte seine Fäuste.

„Der Degen und Golddukaten. Das ist die universelle Sprache, die jeder Mann versteht, verehrtes Fräulein! Der Degen muss in der Scheide bleiben. Aber was ist mit den Golddukaten? Könnte ich doch nur ...“

Bei seinen letzten Worten war er aufgesprungen und lief wie eine eingesperrte Wildkatze durch das Zimmer.

„Ich werde morgen zu der alten Frau reiten. Sie *muss* mir einen Hinweis geben!“

„Würdet Ihr mit mir in den Keller gehen?“, fragte ich den Prinzen, nachdem er einen Schluck guten Weines getrunken und sich wieder beruhigt hatte.

„Was gibt es dort zu tun?“

„Ich weiß es nicht. Aber mein Gefühl sagt, dass ich hinter einer verschlossenen Tür etwas finden werde. Leider konnte ich sie nicht öffnen.“

In dem Moment fingen die Kirchenglocken an, die Uhrzeit zu schlagen. Sogleich sprang er auf.

„Lasst uns gehen!“

Er war schneller an der Tür, als ich ihm folgen konnte, und eilte die Stufen hinunter, während ich bereute, dass ich das schöne Kleid trug und damit in den schmutzigen Keller gehen musste. Aber es blieb keine Zeit, mich umzuziehen. Also hastete ich hinterher.

Die Tür war unverschlossen und er war schon im Keller, als ich den Lichtschalter betätigte. Er sah sich im Raum um, entdeckte das Laken, hob es mit seinem gezückten Degen zur Seite und riss es mit einem Ruck herunter, als er die Tür sah. Er versuchte, den Riegel zur Seite zu schieben. Es gelang ihm nicht. Doch er gab nicht auf und rüttelte so lange daran, bis er endlich den Balken entfernen konnte.

Dann öffnete sich die Tür mit einem lauten Knarzen.

Rettung in Sicht?

„Alle Romane, in denen wahre Liebe vorkommt, sind Märchen – magische Begebenheiten."
Novalis

„Ich hole die Taschenlampe", sagte ich zu Rufus, drehte mich um und lief die Treppe hoch.

Der Blick auf die Uhr zeigte, dass es schon acht nach zehn war.

Schnell, schnell ...

Als ich den Keller wieder betrat und nach hinten in den Verschlag ging, zog der Prinz gerade eine Truhe über die Schwelle.

„Schaut Nelli, was ich gefunden habe!", sagte er mit freudig erregter Stimme.

Mein Herz machte einen Hüpfer.

„Könnt Ihr sie öffnen?", fragte ich.

„Tretet beiseite", befahl er.

Er holte mit seinem Degen aus und hieb das Schloss entzwei.

Dann ging er in die Knie und öffnete den Deckel so langsam, als befürchtete er, ein Gespenst würde herausschießen.

Ich hielt den Strahl der Taschenlampe darauf. Dann hielt ich die Luft an.

Einen Moment später stieß ich einen enttäuschten Seufzer aus. Genau wie die alten Koffer, war auch die Truhe leer.

„Oh, nein!“

Doch der Prinz beugte sich noch ein Stück weiter nach vorn und befahl: „Leuchtet mir!“

Er griff in die Truhe hinein und holte ein Holzkästchen heraus, stellte es auf seine Hand und hielt es mir hin.

„Es steht *Euch* zu, es zu öffnen“, sagte er liebevoll.

Mein Herz klopfte wild. Ich hatte Angst vor dem, was sich in dem Kästchen befinden könnte, ohne zu wissen, warum und wovor.

Ganz, ganz langsam bewegte ich das Häkchen an der kleinen Holzschachtel nach oben und dann hob ich den Deckel hoch.

Der Prinz hielt den Strahl der Taschenlampe auf das Innere gerichtet. Dort lag ein Beutel aus purpurfarbenem Samt. Darunter ein Brief.

Ich nahm den Beutel vorsichtig heraus und sah den Prinzen fragend an. Er nickte, ich zog an dem Band, das ihn zuhielt und stieß einen Schrei aus. Im Licht der Taschenlampe sah ich eine Handvoll Edelsteine funkeln und glitzern.

„Schaut!“, rief ich und sah ihn fassungslos an.

Er lachte.

„Mit diesem Schatz habt Ihr ausgesorgt, Nelli. Nun müsst Ihr Euch keine Sorgen mehr machen."

Ich legte das Säckchen wieder in die Schatulle, holte den Brief heraus und stieß erneut einen überraschten Schrei aus. Denn auf dem Umschlag erkannte ich die Schrift meiner Tante.

Ich drehte den Brief zwischen den Fingern. Sollte ich ihn hier im Keller aufreißen? Nein.

„Lest ihn später, Nelli", sprach der Prinz meine Gedanken aus. „Es ist sicher gleich Zeit, zu gehen."

Seine Stimme war schwächer geworden.

„Nein!", rief ich. „Bitte nicht gerade jetzt!"

Doch es nützte nichts. Der Prinz wurde bereits von mir weggezogen.

„Morgen!", schrie ich noch schnell. „Morgen viertel vor fünf!"

Aber da fiel auch schon laut scheppernd die Taschenlampe auf den Boden und rollte weg.

Als er verschwunden war, mischte sich Trauer unter die Freude über den Schatz. Wie gerne hätte ich den Fund oben bei einem Glas Wein mit ihm gefeiert. Vielleicht hätte er wieder meine Hand gestreichelt. Und vielleicht hätte er mich sogar geküsst?

Mein Herz flatterte bei dem Gedanken daran,

was alles hätte sein können.

Aber so ... war es, als hätte mich jemand in einem dunklen, kalten Verließ allein zurückgelassen und so ähnlich war es ja auch. Ich drückte die Holzschatulle an meine Brust, ging zur Tür, verriegelte sie und stieg die Treppe nach oben.

Nachdem ich meinen Schatz auf dem Wohnzimmertisch abgestellt hatte, zog ich das schöne Kleid aus und hängte es über einen Stuhl, um später zu schauen, ob es im Keller schmutzig geworden war. Dann schlüpfte ich in meinen warmen Schlafanzug und zog den Morgenmantel darüber.

Kurz darauf ließ ich mich mit der Schatulle in der Hand auf dem Sofa nieder und als ich den Duft des Prinzen an der Lehne wahrnahm, auf der er seine Hand abgelegt hatte, kamen mir die Tränen.

Schnell schluckte ich sie hinunter und öffnete das Holzkästchen. Ich holte den Beutel heraus und ließ die Edelsteine vorsichtig auf den Tisch rollen. Es schimmerte in allen Farben. Da waren rote Steine, blaue und grüne, die aussahen wie meine Augen. Und ein paar durchsichtige in Gelb gab es auch noch.

Das müssen Rubine, Saphire und Smaragde sein.

Die anderen konnte ich nicht zuordnen. Aber auch mir, die von solchen Edelsteinen nicht viel Ahnung hatte, war klar, dass ich auf meinem Tisch ein Vermögen liegen hatte.

Mein Herz pochte heftig bei dem Gedanken daran, dass ich mir nun keine Sorgen mehr um unbezahlte Rechnungen machen musste. Mir wurde so leicht zumute, dass ich am liebsten aufgestanden wäre, um durch das Wohnzimmer zu tanzen.

Aber da war noch der Brief ...

Ich nahm ihn aus der Schatulle und sah ihn mir an. Der Umschlag war in einem zarten Grün. Mit blauer Tinte stand darauf geschrieben: „Für meine geliebte Nichte Nelli Fleming".

Ich riss ihn vorsichtig auf.

Mein Herz wollte mir fast aus der Brust springen, als ich das Blatt Papier aus der Hülle zog. Das war das letzte Vermächtnis meiner Tante.

Ich falte es auseinander und las.

Meine liebe Nelli,

du bist zu einer schönen, jungen Frau herangewachsen und nun hast du auch noch Intuition bewiesen und Mut gezeigt, denn wenn du diese Zeilen liest, hast du die Schatulle gefunden. Du wirst dich nun sicher fragen, warum ich es dir so schwer gemacht habe, den Schatz – denn darum handelt es sich tatsächlich – zu finden. Ich habe beobachtet, dass du ein wenig ängstlich warst und dich nicht getraut hast, dein Leben in die Hand zu nehmen. Leider war es mir nicht möglich, dich länger auf deinem Weg auf dieser Welt zu begleiten und dir dabei zu helfen. Doch nun haben die Umstände dafür gesorgt, dass es so gekommen ist, wie es kommen musste. Die Zeit ist reif. Geh diesen Weg, den du neu begonnen hast, weiter und lass dich vom Prinzen nach Hause führen.

Deine Großtante Klara, die dich sehr liebt

Ich schluchzte, als ich den Brief auf den Tisch legte. So hatte meine Tante über ihren Tod hinweg für mich Sorge getragen und mir nicht nur den Buchladen und das Haus überlassen, sondern auch noch einen Schatz, der alle meine Probleme lösen würde ... Wie gerne hätte ich sie noch einmal gesehen, hätte mich noch einmal in ihre Arme geschmiegt und gespürt, wie sie mir über den Kopf strich ... Ich war ihr so dankbar für alles und das hätte ich ihr gerne gesagt.

Ich sprang auf und hastete hinüber in mein Bett. Das Gefühl von Einsamkeit brach mir fast das Herz. Schnell zog ich mir die Decke über den Kopf und ließ meinen Tränen freien Lauf.

Nachdem ich mich beruhigt hatte, stand ich noch einmal auf. Ich strich mit meinen Fingerspitzen über die wertvollen Steine, hielt sie ins Licht und bewunderte ihren Glanz. Dann ließ ich sie zurück in den Beutel gleiten und legte ihn in die Schatulle. Zusammen mit dem Brief nahm ich sie mit ins Schlafzimmer. Ich setzte mich mit zwei Kissen im Rücken auf das Bett und las den Brief von vorne.

Meine Tante hatte mir also zugetraut, dass ich mich in den Keller wagte. Da hatte sie mehr gewusst, als ich noch bis gestern geahnt hatte.

Was mich sehr wunderte: Warum hatte sie selbst es sich so schwer gemacht? Sie hätte doch wenigstens einen oder zwei der Steine verkaufen können, um sich ab und zu etwas zu gönnen. Wenn ich nur an den Kredit dachte, den sie sich letztes Jahr von der Bank erstritten hatte. Das war so mühsam gewesen und hätte nicht sein müssen.

Aber was meinte sie mit den Umständen, die dafür gesorgt hatten, dass es so kam, wie es kommen musste. Woher wollte sie damals gewusst haben, was in den letzten Tagen passiert war?

Wofür war die Zeit reif? Welchen Weg meinte sie?

Und – woher um alles in der Welt – wusste sie von dem Prinzen?

Ich schickte diese Fragen so oft durch meine Gehirnwindungen, dass ich am Ende das Gefühl hatte, mein Kopf würde gleich platzen. Hatte Tante Klara hellseherische Fähigkeiten, von denen sie mir nie berichtet hatte?

Plötzlich hatte ich das Gefühl, sie gar nicht richtig gekannt zu haben und mir wurde bewusst: *Du wirst es niemals erfahren ...*

Meine Tante war tot und hatte dieses Geheimnis mit ins Grab genommen.

Und jetzt fängst du nicht wieder an zu heulen,

sondern freust dich gefälligst, dass der Schatz dich und deinen Laden rettet, Nelli Fleming!

Als ich morgens ziemlich früh aufwachte, fiel mein Blick auf die Schatulle und mir wurde ganz leicht zumute. Zum ersten Mal in meinem Leben würde ich mehr Geld haben, als ich brauchte. Ich atmete tief durch und dann sprang ich aus dem Bett. Bei dem Gedanken, dass ich gleich den schrecklichen Menschen von Books & more anrufen und ihn herbestellen konnte, um ihm das Geld für die Rechnungen zu geben, hätte ich jubeln können.

Dazu musst du aber erst einmal ein paar Steine verkaufen!

Ich griff nach dem Telefon und wählte Ines' Nummer.

„Kannst du heute im Laden aushelfen?", fragte ich, als sie sich mit verschlafener Stimme meldete.

Sie gähnte.

„Ist das die Revanche dafür, dass ich dich letztens aufgeweckt habe?", fragte sie.

„Entschuldige! Ich habe nicht auf die Uhr gesehen."

„Ach, was! Natürlich helfe ich dir aus. Du weißt doch, dass ich deinen Laden liebe."

„Und die Uni?"

„Kann warten. Dein Laden hat Vorrang. Wann

soll ich kommen? Dein Termin bei Simon ist doch in deiner Mittagspause?“

„Ich habe Edelsteine im Keller gefunden!“, platzte es da aus mir heraus. „Und ich muss zum Juwelier, um sie schätzen zu lassen.“

„Nein!“, schrie sie. „Das ist ja fabelhaft! Wie kam denn das?“

„Simon hat so eine Bemerkung gemacht, dass vielleicht ein Schatz in meinem Keller liegen würde und ich hatte irgendwie das Gefühl, dass ...“

„Warte! Ich zieh mich schnell an und komm gleich vorbei. Dann erzählst du mir alles.“

Bis Ines kam, ging ich ins Badezimmer und danach griff ich wieder zum Telefon. Meine Finger zitterten, als ich die Nummer von Books & more wählte und meine Stimme zitterte, als ich den schrecklichen Menschen verlangte.

Während seine Sekretärin mich mit ihm verband, atmete ich tief durch und dann hörte ich, wie er sich mit eiskalter Stimme meldete.

„Was gibt es, Frau Fleming?“, schnauzte er. „Haben Sie sich endlich entschieden, zu kapitulieren?“

Ich schluckte. Dann fiel mein Blick auf die Schatulle.

„Bitte kommen Sie heute um siebzehn Uhr bei mir im Laden vorbei. Es gibt wichtige Neuigkeiten.“

„Das werte ich mal als ein Ja. Ihr Terminvorschlag kommt zwar überraschend, aber ich wollte Ihnen sowieso einen Besuch abstatten. Bis später!“

Du wirst dich wundern ..., dachte ich.

Und dann freute ich mich nur noch.

Triumph

Ein Wunsch ändert nichts. Eine Absicht ändert die Welt.

Helga Baureis

Ich hatte drei Steine verkauft und dafür so viel bekommen, wie ich für die offenen Rechnungen und die Ablösung des Kredits brauchte. Es war unfassbar.

„Mit den restlichen Steinen könntest du dir sicher die Häuser links und rechts auch noch unter den Nagel reißen", flüsterte Ines, der ich längst alles erzählt hatte.

Also, fast alles. Für mein Geheimnis mit dem Prinzen war in dem vollen Laden weder der rechte Ort noch der rechte Zeitpunkt gewesen.

„Dann hättest du Books & more aus dem Feld geschlagen."

„Ja, vielleicht", murmelte ich, in Gedanken bei dem Gespräch, das ich hinter mir hatte und dem, das mir bevorstand.

„Du könntest die Häuser vermieten und bereits mit den Mieteinnahmen sämtliche Kosten decken."

„Hmhm ..."

Im Gegensatz zu mir war Ines schon immer sehr

geschäftstüchtig gewesen und seit sie BWL studierte, hatte sich das noch verstärkt. Sie hatte mir öfter Vorschläge gemacht, wie ich mehr aus dem Laden machen könnte. Aber ich hatte nichts ändern wollen. Er war gut so, wie er war.

„Wir können die Tage mal in Ruhe darüber sprechen", wiegelte ich ab. „Bin gleich wieder da."

Ich ging nach hinten in den kleinen Büroraum und schloss die Tür, um mich zu sammeln. Das Gespräch mit Simon war gut gelaufen. Jetzt, wo ich bald keine Schulden mehr haben würde, hatte Books & more kein Druckmittel mehr gegen mich in der Hand. Was die Drohungen anbelangte, wollte er der Firma einen entsprechenden Brief schreiben, in dem er noch einmal deutlich machte, dass ich nicht gewillt war, meinen Laden aufzugeben.

Vielleicht sollte ich denen tatsächlich zuvorkommen und schauen, dass ich die beiden Häuser kaufen kann.

Mir lag nichts daran, Immobilien zu besitzen, aber wenn es mir von Nutzen war?

Wie schnell sich durch ein wenig Geld doch alles ändert. Hatte Tante Klara deshalb lieber so getan, als sei sie arm? Weniger Eigentum brachte weniger Verpflichtung mit sich. Wenn ich nur an all das dachte, was Simon mir gerade um die Ohren geknallt hatte, drehte sich mir jetzt noch der Kopf. Dieses ganze Paragraphenzeug war nicht meine Welt.

Aber das war im Moment gar kein Thema, über

das ich nachdenken wollte, denn etwas anderes plagte mich viel mehr. Als ich gestern wegen des Termins mit dem schrecklichen Menschen nachgedacht hatte, war ich wohl nicht ganz bei Sinnen gewesen.

Das lag daran, dass der Prinz deine Hand gestreichelt hat.

Denn ich hatte außer Acht gelassen, dass um fünf Uhr mein Laden noch geöffnet sein würde. Es ging nicht, dass er auftauchte und mir vor meinen Kundinnen eine Szene machte.

Und etwas anderes hatte ich auch übersehen. Falls es mir gelingen würde, den Prinzen herbeizurufen, müsste ich aufpassen, dass die Situation nicht eskalierte. Er würde sich garantiert nichts von dem Books & more-Mann gefallen lassen und der wiederum würde ihn fragen, ob Fasching sei, wenn er in seiner Kleidung aus einem früheren Jahrhundert vor ihm stehen würde.

Mir wurde ganz übel bei dieser Vorstellung.

Wie dumm von dir, daran nicht zu denken!

Doch es nützte jetzt nichts, wenn ich mir deshalb Vorwürfe machte. Passiert war passiert. Wichtiger war: Was sollte ich nun tun?

Ich stöhnte gequält auf.

Nelli Fleming, was hast du da bloß angestellt?

Ich sah auf die Uhr, es war kurz nach drei, und griff zum Telefon. Wieder zitterten meine Finger vor Aufregung, als ich die Nummer wählte.

„Ich kann den Termin um siebzehn Uhr nicht einhalten“, sagte ich zu der Sekretärin. „Wir müssen ihn verschieben. Bitte geben Sie Ihrem Chef Bescheid.“

„Das wird nicht möglich sein. Er ist bereits auf dem Weg zu Ihnen.“

Meine Stimme zitterte, als ich sagte: „Bitte ... bitte rufen Sie ihn an. Es ... es geht heute wirklich nicht.“

„Er wird sich nicht abhalten lassen.“

Ohne einen weiteren Ton legte ich einfach auf, denn mir waren die Worte im Hals stecken geblieben.

Sollte ich einfach den Laden schließen, um das Gespräch mit dem schrecklichen Menschen zu vermeiden? Hoch in die Wohnung gehen und nicht reagieren, wenn er klingelte? Tun, als sei ich nicht da?

So, wie du es immer machst.

Da fiel mir wieder ein, was meine Tante in ihrem Brief geschrieben hatte.

„Doch nun haben die Umstände dafür gesorgt, dass es so gekommen ist, wie es kommen musste. Die Zeit ist reif. Geh diesen Weg, den du neu begonnen hast, weiter.“

Hatte sie Situationen wie die jetzige gemeint?

Ich könnte ihn auch mit ins Büro nehmen ...

Bei diesem Gedanken sah ich mich in dem

winzigen Raum um. Wir würden wieder Nase an Nase stehen, falls ich ihn hier hereinließe.

Hoch in meine Wohnung?

Alles in mir schüttelte sich, wenn ich mir vorstellte, wie er sich in meinem Wohnzimmer breitmachte.

Doch den Prinzen rufen? Also zumindest versuchen, ihn herbeizulesen?

Wenn er an meiner Seite wäre, müsste ich mich vor nichts fürchten. Vor gar nichts!

Aber wenn er den schrecklichen Menschen mit seinem Degen attackieren will?

Mir schwirrte der Kopf von meinen Überlegungen und die Uhr tickte. In eineinhalb Stunden würde er hier sein.

Wie tötet man einen Riesen, ohne ihn umzubringen?

Das war das Rätsel aus dem Märchen, das Rufus zu lösen hatte. Oder ich? Hatte vielleicht *ich* es zu lösen?

„Wenn ich nur Geld hätte. Das ist die Sprache, die er versteht!“, hatte ich gestern zu dem Prinzen gesagt.

Darauf hatte er geantwortet: „Der Degen und Golddukaten. Das ist die universelle Sprache, die jeder Mann versteht, verehrtes Fräulein! Der Degen muss in der Scheide bleiben. Aber was ist mit den Golddukaten?“

Jetzt hatte ich Geld. Genug Geld.

Ich ging raus in den Verkaufsraum.

„Ines, deine Idee mit den Nachbarhäusern ist gar nicht schlecht“, raunte ich ihr zu. „Hast du noch Zeit, hierzubleiben? Dann geh ich mal schnell rüber, um mit den Leuten zu sprechen.“

„Geh nur!“, sagte sie und strahlte mich an. „Ich habe den Laden im Griff.“

Es war mir unheimlich. Wirklich und wahrhaftig unheimlich. Denn im Moment lief alles, also fast alles, wie am Schnürchen, ohne dass ich groß etwas dafür tun musste.

Es war, als hätte schon längst alles in den Startlöchern gestanden und nur darauf gewartet, dass ich die Dinge in die Hand nahm und regelte.

„Doch nun haben die Umstände dafür gesorgt, dass es so gekommen ist, wie es kommen musste. Die Zeit ist reif ...“

Ich hatte bereits gewusst, dass meine Nachbarn ebenfalls von Books & more unter Druck gesetzt worden waren. Diese Firma schien ihre Finger auch in anderen Branchen mit im Spiel zu haben. Wegen ihres hohen Alters hatten die beiden klein beigegeben und dem Verkauf schon zugestimmt. Zum Glück war noch keine Unterschrift erfolgt.

Ob der schreckliche Mensch erst abwarten wollte, bis er auch mich kleinkriegte?

Als ich meinen Nachbarn den Vorschlag machte, sie könnten doch *mir* ihre Häuser verkaufen und zu einem fairen Preis wieder von mir anmieten, falls sie noch nicht in Rente gehen wollten, hatten wir das Geschäft sogleich per Handschlag getätigt.

„Was ist denn mit dir los?“, wunderte Ines sich, als ich es ihr mit ein paar Worten erzählte. „So taff kenne ich dich gar nicht.“

Ich lachte nervös auf und blickte auf die Uhr. Gleich halb fünf.

„Pass auf, Ines! Ich habe noch eine Sache zu tun. Der Mann von Books & more stattet mir in wenigen Minuten einen Besuch ab. Ich werde ihn oben in der Wohnung empfangen. Schickst du ihn bitte hoch, wenn er kommt?“

Sie sah mich besorgt an.

„Du zitterst ja!“

„Das ist jetzt egal. Ich *muss* die Situation hinter mich bringen, ob ich will oder nicht.“

„Soll ich dabei sein?“

„Nein, du musst doch im Laden bleiben. Ich kriege das schon hin.“

Sie bedachte mich mit einem skeptischen Blick.

„Wenn der Typ nur halb so schlimm ist, wie du ihn mir geschildert hast, wird es Ärger geben, sobald du ihm sagst, was Sache ist.“

„Ich will den Kopf nicht mehr in den Sand stecken“, sagte ich in einem Anflug von Größenwahn.

„Können Sie mir das Buch als Geschenk einpacken?“, fragte eine Kundin und hielt Ines „Grimms Märchen“ unter die Nase.

Ein Märchenbuch! Das war das Zeichen, das ich gebraucht hatte.

„Schrei, wenn du meine Hilfe brauchst!“, rief Ines mir hinterher, als ich schon auf dem Weg zur Treppe war.

Versuchen, ihn herauszulesen oder nicht?

Ich hatte Angst, dass jemand anderes erscheinen konnte, falls ich es tat. Ich hatte Angst, dass er enttäuscht wäre, wenn ich es nicht tat.

Welches der beiden Risiken sollte ich eingehen?

Ich holte das Märchenbuch und betrachtete den Einband, als könnte er mir eine Antwort auf die Frage geben.

Mitten in meine Gedanken hinein klopfte es an der Tür, die direkt hinunter in den Laden führte. Mein Herz rutschte mir in die Hose, als nicht, wie erwartet, Ines davorstand, sondern der schreckliche Mensch, genauso geschniegelt wie beim letzten Besuch.

„Sie sind zu früh!“, sagte ich und sah ihn böse an, weil er mir mit seinem Erscheinen die Entscheidung abgenommen hatte.

„Überraschungsbesuche haben etwas für sich“, antwortete er, durchbohrte mich mit seinen kalten

Augen und drückte sich an mir vorbei in die Wohnung.

„Ich habe sie nicht hereingebeten!“, schimpfte ich.

„Wo ist der unterschriebene Vertrag?“, fragte er ungerührt und baute sich breitbeinig vor mir auf.

Ich atmete tief durch, um meine Stimme in den Griff zu bekommen. Denn ich hatte das Gefühl, ein Zwerg zu sein, der vor einem Riesen stand, um diesen zu bezwingen, obwohl das ein hoffnungsloses Unterfangen war.

„Hat es Ihnen die Sprache verschlagen?“, bellte er. „Wo haben Sie den Vertrag?“

Er sah sich suchend in meinem Wohnzimmer um.

Noch einmal atmete ich tief durch. Dann nahm ich meinen ganzen Mut zusammen.

„Es wird keinen Vertrag geben.“

Ja, meine Stimme zitterte wieder und ich hätte mich dafür ohrfeigen können. Auch drückte ich das Märchenbuch so fest an meine Brust, als sei es ein Schutzschild.

Der schreckliche Mann verzog keine Miene.

„Dann können Sie schon mal packen. Wir fordern die sofortige Bezahlung aller Rechnungen.“

„Das habe ich bereits heute Morgen per Eilüberweisung erledigt“, sagte ich.

Dieses Mal klang meine Stimme triumphierend.

„Was erzählen Sie da für Märchen?“, fragte er und starrte auf das Buch vor meiner Brust.

„Sie bekommen in den nächsten Tagen Post von meinem Anwalt“, erwiderte ich. „Ich werde weder meinen Laden noch mein Haus aufgeben und an Sie werde ich niemals etwas verkaufen. Nicht einmal ein Buch. Wenn Sie nicht damit aufhören, mich zu bedrohen, wird mein Anwalt rechtliche Schritte gegen sie einleiten.“

Jetzt war ich so sehr im Redefluss, dass ich mich kaum bremsen konnte. Ich hatte das Buch auf die Kommode gelegt und die Hände in die Hüften gestemmt.

„Sie werden ganz schnell von hier flüchten, wenn erst einmal links und rechts die Presslufthammer dröhnen. Kein Kunde wird mehr Ihren Laden betreten. Sie glauben gar nicht, wie lange Renovierungsarbeiten dauern und wie unangenehm sie sein können.“

„Es wird keine Renovierungsarbeiten geben. Meine Nachbarn werden ebenfalls nicht an Sie verkaufen.“

Kaum hatte ich es ausgesprochen, biss ich mir auch schon auf die Zunge. Bisher hatte ich nur die mündliche Zusage der beiden. Was, wenn dieser Mensch sie jetzt gleich aufsuchte, um sie erneut zu bearbeiten?

„Sie bluffen!“

„Was würde mir das nützen?“

„Sie wollen Zeit schinden.“

„Brauche ich nicht. Ihre Fantasie, hier einen Ihrer

seelenlosen Ableger zu eröffnen und damit alteingesessene Läden zu vertreiben, hat sich gerade in Luft aufgelöst."

Die Worte kamen wie von alleine über meine Lippen. Es war, als wäre ich eine andere. Eine, die sich traute, den Mund aufzumachen und für sich einzustehen.

Verwundert schüttelte ich den Kopf.

Aber der schreckliche Mann ... der war ganz grau im Gesicht geworden. Er machte einen Schritt auf die Kommode zu und es sah aus, als würde er wanken. Dann streckte er seinen Arm aus und stützte sich ab.

„Sie blöde Kuh brechen mir das Genick!", stieß er wütend hervor. „Ich werde Sie, ich werde Sie ..."

Er griff nach dem Buch, das neben seiner Hand lag, hob es mit beiden Händen in die Luft und kam auf mich zu, als wollte er mich damit schlagen.

Der Schreck durchfuhr mich wie ein brennendes Schwert.

Mein Buch! Meine einzige Verbindung zu dem Prinzen!

„Lassen Sie das Buch los!", fuhr ich ihn an.

Er blieb stehen und grinste. Die Arme mit dem Buch noch immer über dem Kopf erhoben.

„Ist das eins von der Sorte, das man unbedingt haben muss?", fragte er drohend. „So, wie ich Ihren Laden haben will?"

Während er das sagte, schlug er es auf und zerrte am Einband, dass es laut krachte.

„Geben Sie mir das Buch!“

Jetzt klang auch meine Stimme drohend.

„Geben Sie mir den Laden!“

„Sie sind ja verrückt.“

Ich ging auf ihn zu und wollte ihm das Buch entreißen. Doch er war viel größer als ich und da konnte ich mich noch so anstrengen, meine Fingerspitzen reichten nur bis zu seinem Handgelenk.

„Geben Sie mir das Buch!“, schrie ich und zerrte mit aller Kraft an seinem Ärmel.

„Sobald Sie den Vertrag unterschrieben haben!“

Da ließ ich los und griff nach einem Kerzenständer, der auf der Kommode stand.

„Geben! Sie! Mir! Das! Buch!“

Doch er grinste nur und reckte sich noch ein wenig mehr. Das Buch schwebte in unerreichbarer Höhe über mir.

„Hilfe!“, schrie ich gellend und stampfte mit dem Kerzenständer auf den Boden. „Ines! Hilfe!“

Während der schreckliche Mann mich noch überrascht anschaute, hörte ich schon den Schlüssel im Türschloss. Einen Moment später stand meine Freundin im Zimmer.

„Was ist los?“, fauchte sie. „Hat er dir was getan?“

„Das Buch, Ines! Das Buch!“, schrie ich und zeigte auf die erhobenen Arme des Verrückten.

In dem Moment wurde er noch grauer im Gesicht.

Ja, es sah aus, als würde Rauch aus seinen Ohren kommen und dann sackte er in sich zusammen.

In seinen Armen

„Das wunderbarste Märchen ist das Leben selbst.“

Hans Christian Andersen

Der Mann von Books & more lag vor mir auf dem Boden. Seine Augen hatte er weit aufgerissen, als könnte er gar nicht glauben, was hier gerade passierte, Sein Gesicht war blass, die Lippen bläulich verfärbt. Auf der Stirn stand ihm Schweiß.

„Schnell, ruf den Notarzt!“, rief ich Ines zu und eilte in die Küche, um ein Glas Wasser zu holen.

„Trinken Sie!“, sagte ich, hob seinen Kopf an und hielt ihm das Glas an die Lippen.

Er öffnete seinen Mund, trank ein wenig, schüttelte den Kopf und stemmte sich mühsam hoch.

„Bleiben Sie liegen“, sagte Ines. „Gleich kommt der Arzt!“

„Nein!“, stammelte er und versuchte, auf die Füße zu kommen.

Es gelang ihm nicht und so ließ er sich wieder auf seinen Rücken fallen.

Er brabbelte etwas Unverständliches vor sich hin. Ich konnte nur die Worte Versager und Mäuschen heraushören.

„Ines, du musst runter in den Laden. Ich kriege das hier alleine hin!“

Dass ich mir das selbst nicht glaubte, musste ich ihr ja nicht auf die Nase binden.

Ich sah auf den Mann hinunter, der mir noch bis vor ein paar Minuten so viel Angst eingejagt hatte. Nun lag er hilflos vor mir, war nicht einmal dazu in der Lage, aufzustehen.

„Wie tötet man einen Riesen, ohne ihn umzubringen?“

War mir das gerade gelungen? Er war nicht tot. Doch würde er seinen Job verlieren, weil ihm die kleine Buchhändlerin, die er mit einem Happs verschlingen wollte, im Hals feststeckte?

Du wirst mich ausspucken müssen.

Ich sah auf die Uhr. Es war kurz nach fünf. Hoffentlich kam der Rettungswagen schnell. Denn ich fühlte mich mit diesem Mann alleine in meiner Wohnung ausgesprochen unwohl.

Wieder versuchte er, aufzustehen.

„Hilf ... hilf mir ... blöde ... Kuh!“

Selbst in seiner Schwäche war er unverschämt.

Ich sah auf ihn hinunter und sah auf einen hilflosen Menschen, der, von seinem Ehrgeiz zerfressen, ein armseliges Leben führte.

„Sie bleiben liegen, bis der Arzt kommt“, bestimmte ich.

Ich ging zum Sofa, um ihm ein Kissen zu holen. Da sah ich das Buch auf dem Boden liegen. Rasch hob ich es auf, drückte es an meine Brust, ging hinüber ins Schlafzimmer und legte es in die oberste Schublade meiner Kommode zwischen meine Unterwäsche.

In dem Moment hörte ich das Martinshorn. Schnell lief ich die Treppe nach unten und öffnete die Haustür.

„Oben im ersten Stock. Ich weiß nicht, was der Mann hat. Er war sehr wütend und plötzlich ist er zusammengesackt."

Ein paar Minuten später wurde er mit dem Krankenwagen abtransportiert. Der Arzt hatte mir nicht gesagt, was er hatte. Ich gehörte ja nicht zur Familie. Das war in Ordnung. Denn ich wollte es gar nicht wissen. Ich war froh, dass er weg war.

Diesen schrecklichen Menschen will ich nie mehr in meinem ganzen Leben sehen.

Ich lief hinunter in den Laden. Außer Ines war niemand da.

„Keine Kundin hier?", fragte ich.

„Die sind nach draußen gelaufen, um zu schauen, was passiert ist", sagte sie, kam auf mich zu und nahm mich in den Arm. „Das war sicher ein riesiger Schreck für dich."

Ich nickte.

„Es war schrecklich. Ich hatte so eine Angst um mein Buch."

„Was ist damit? Warum ist es so wichtig für dich?"

Kurz geriet ich in Versuchung, ihr alles zu erzählen. Doch dann betrat die erste Kundin den Buchladen. Die anderen folgten, schnatterten über das, was sie gerade gesehen hatten und sahen mich fragend an.

„Willst du nach Hause gehen?“, fragte ich Ines. „Du hast sicher noch was anderes zu tun, als hier im Laden die Stellung zu halten?“

„Nein. Du gehst gleich wieder hoch und erholst dich. Ich regle hier alles.“

Es war zwanzig nach neun Uhr. Ich hatte die Kerzen angezündet, eine neue Flasche Wein geöffnet und mein schönes Kleid angezogen. Jetzt saß ich auf dem Sofa und zitterte bei dem Gedanken, ob es mit dem Herauslesen auch wirklich klappen würde.

Der schreckliche Mensch hatte das Buch fast auseinandergerissen. Aber die Seiten waren zum Glück noch alle drinnen.

Ich wartete ab, bis der Zeiger auf 21.21 Uhr stand und dann begann ich mit atemloser Stimme zu lesen.

Der Prinz setzte sich auf sein Pferd und ritt davon. Als er an einen Brunnen kam, sprang er hinab und weil sein Durst riesig war, trank er ihn zur Hälfte leer.

Kaum saß er wieder in seinem Sattel, verfiel er in einen tiefen, tiefen Schlaf. Ihm träumte, er sei bei einem schönen Fräulein weit, weit weg von hier. Er sah einen Riesen sich aufblasen und gleich darauf in sich zusammenfallen, bis er tot war, aber nicht gestorben.

Da erwachte er aus seinem tiefen Schlaf und er verwunderte sich sehr, denn er stand wieder vor dem hohen Turm, der an einem rauschenden Bache lag.

Der Prinz rieb sich die Augen und stieg vom Pferd. Dann ging er auf den Turm zu. Geschwind war er die vielen Stufen hinaufgeeilt. Doch oben trat ihm die Alte in den Weg und versperrte die Tür zum Kämmerlein.

„Wisst Ihr's noch?", fragte sie. „Ich bin die Alte, die Euch besucht hat, als Ihr ein Knäblein wart."

Da erinnerte sich der Prinz und war ganz froh. Denn nun wusste er, dass er auf dem rechten Wege war und ihm fiel alles, was sie ihm damals zugeflüstert hatte, wieder ein, als sei es gestern gewesen.

„Auch das zweite Rätsel ist gelöst", sagte er. „Nun soll die Belohnung mein sein."

„Nein, Prinz. Zuerst einmal müsst Ihr Rätsel Nummer drei erraten. Alsbald wird das schöne Fräulein hier im Turm die Augen aufschlagen und für immer die Eure sein. Höret gut zu, welches Rätsel ich für Euch habe: Wer schläft und ist dennoch wach?"

Kaum hatte sie es ausgesprochen, verschwand sie in einem Nebel und ward nicht mehr gesehen.

Doch der Prinz eilte nach unten und ritt los, denn er wusste genau, was er zu tun hatte.

Mir war plötzlich ganz leicht zumute, als ich an diese Stelle kam. Ich schaute mich um, ob die Kerzen nicht flackerten und ausgehen wollten. Aber nein, sie brannten wie immer. Ich blätterte auf die nächste Seite des Buches. Dort sah ich jedoch nur ein paar weiße, unbeschriftete Blätter. Dazwischen klaffte eine Lücke. Jemand hatte etwas herausgerissen.

Ich hielt die Luft an. Was war jetzt los? Waren vorhin doch Blätter aus dem Buch gefallen und unter die Kommode gerutscht?

Rasch erhob ich mich, ging vor dem Möbel in die Knie und beugte mich hinunter. In dem Moment fegte der Wind durch das Zimmer und es wurde dunkler, weil die Kerzen erloschen. Schneller, als ich mich wieder erheben konnte, stand der Prinz vor mir und reichte mir seine Hand.

Sofort war ich auf den Beinen und musste aufpassen, dass ich nicht umfiel, denn ich ertrank fast in seinen wundervollen braunen Augen. Doch da hielt er mich schon fest in seinen Armen.

„Da seid Ihr. Endlich!“, sagte er mit seiner melodiösen Stimme und ich glaubte, in meinem Leben niemals etwas gehört zu haben, dass schöner geklungen hätte.

„Ja“, hauchte ich nur und genoss es, ihm so nahe zu sein.

Wird er mich jetzt küssen?

Aber nein. Er hielt mich nur fest, drückte mich an sich, als wollte er mich nie, nie, nie mehr loslassen. Ich fühlte mich so wohl an seiner Brust, dass ich am liebsten gejauchzt hätte.

Doch ich war still. Und genoss dieses Gefühl, das mich wie in einem Strudel mit sich riss.

„Ich bin stolz auf Euch!“, sagte er. „Mir scheint, Ihr habt das zweite Rätsel gelöst.“

„Der schreckliche Mann. Er war einfach früher erschienen, sodass ich keine Gelegenheit mehr hatte, Euch zu rufen. Und dann ... als ich ihm klarmachte, dass sein übles Spiel verloren war ... dachte ich, dass Rauch aus seinen Ohren käme und er sackte in sich zusammen.“

„Ich bin stolz auf Euch“, wiederholte er und hielt mich weiter fest.

Da erzählte ich ihm, dass ich drei Steine verkauft, die Schulden bezahlt und meine beiden Nachbarn auf meine Seite gebracht hatte.

„Wohl getan wie eine Königin“, murmelte er in mein Haar.

Wir saßen auf dem Sofa und der Prinz hatte mich

noch immer nicht geküsst. Aber er hielt mich fest in seinem Arm und ... er schwieg.

„Was macht Euch Sorgen?“, fragte ich.

„Das dritte Rätsel“, antwortete er.

„Darf ich wissen, wie es lautet?“

Er ließ mich los, rückte ein winziges Stückchen von mir ab und bedachte mich mit einem tiefen Blick aus seinen schönen Augen.

„Ihr habt es soeben in dem Märchen gelesen. Es lautet: Wer schläft und ist dennoch wach?“

Ja, ich hatte es wohl gelesen. Aber ich nahm den Text, der in dem Buch stand, nicht wirklich wahr. Denn ich war jedes Mal in der aufgeregten Erwartung, *ihn* zu treffen.

„Was könnte das Rätsel bedeuten?“

Er rückte noch ein Stück von mir ab. Aber er nahm meine Hände fest in seine und sah mich an, als wollte er mich mit seinem Blick in sich aufsaugen.

Ich blinzelte.

„Schaut mich an, schönes Fräulein“, bat er. „Schaut mich an und fürchtet Euch nicht.“

Ich nickte. Wie hätte ich mich neben ihm fürchten sollen? Wenn er mich in den Arm nahm, ja, nur dadurch, dass er mich ansah, fühlte ich mich schon, als wäre ich für immer die Seine. Wie also hätte ich mich vor irgendetwas fürchten sollen?

„Ich ahne, dass jetzt das größte Abenteuer Eures Lebens auf Euch zukommen wird. Seid Ihr stark genug, es an meiner Seite zu bestehen?“

Ich zuckte zusammen, als hätte mich ein Schlag getroffen. Denn just in diesem Moment erklang der erste Ton der Kirchturmuhr.

„Wie kommt es, dass die Zeit so rennt?“, stammelte ich.

„Das kommt, weil Ihr glücklich seid“, antwortete er.

Er schenkte mir ein Lächeln, dass so voller Güte und Liebe war, aber mich gleichzeitig mit einer Leidenschaft herausforderte und mir das Gefühl gab, dass dieser Mann alles von mir abverlangen würde, dass es mir den Atem nahm. Eine Gänsehaut erfasste meinen Körper und im selben Augenblick wurde mir heiß.

Was passiert mit mir?

Du bist verliebt!

So also fühlte es sich an, wenn man über alle Maßen in einen Mann vernarrt war, dass man alles, einfach alles, für ihn tun würde ...

Ich konnte nicht mehr klar denken, denn ich bestand nur noch aus Sehnsucht und Verlangen.

„Wollt ... wollt Ihr ... wollt Ihr mich nicht küssen, Rufus?“

Unkontrolliert von meinem Verstand war diese Frage von meinen Lippen geperlt.

Ich spürte, wie ich rot wurde und senkte den Blick.

„Ihr glaubt gar nicht, *wie* gerne ich es tun würde. Aber die Zeit ist noch nicht reif. Ich will keinen Fehler machen. Euch zu verlieren, würde mir das Herz brechen."

Da schlug mein Herz noch viel schneller. Es war, als würde es aus meiner Brust hüpfen, hinüber in seine, um sich mit ihm für alle Zeiten zu vereinen.

„Seid Ihr bereit für das größte Abenteuer Eures Lebens, meine liebste Nelli?", stellte er die Frage noch einmal.

Was hätte ich anderes tun können, als ... zu nicken?

Wir sprachen nichts mehr, sahen uns nur an.

„Was wird nun passieren?", fragte ich den Prinzen.

„Solange ich bei Euch bin, wird Euch nichts geschehen, Nelli. Vertraut mir."

Ja, ich vertraute ihm. Ich hatte keine Ahnung, wo dieses Gefühl herkam, denn ich kannte ihn ja kaum. Aber tief in meinem Herzen wusste ich, dass ich ihm glauben konnte.

Die Uhr zeigte viertel nach zehn. Der Prinz nahm meine Hände.

„Nelli, wir werden jetzt beide in das Buch gehen. Wir werden an eine Stelle im Wald kommen, an der Ihr einen Turm sehen werdet. Neben dem Turm fließt ein Bach. Dort werden wir uns wiederfinden. Seid Ihr bereit, das zu tun?"

Ich war bei seinen Worten zusammengezuckt. Natürlich! Mir war klar, dass etwas passieren musste, wenn wir beide zusammenfinden wollten. Natürlich! Es konnte nicht so bleiben, dass ich ihn einmal am Tag aus dem Buch herausholte. Aber ich hatte plötzlich Angst! Eine riesige Angst, die mit ihren kalten Klauen nach mir griff. Wie sollte es gehen, dass auch ich in dieses Buch, dieses Märchen rutschte? Der Prinz musste verrückt sein!

„Aber wie ... Wie soll das gehen?“, stammelte ich. „Wie kann ich in einem Buch verschwinden, einfach zwischen den Seiten untertauchen? Und das hier?“, fragte ich und zeigte auf das Zimmer, in dem wir saßen.

„Liebste Nelli, Ihr müsst mir vertrauen. Denn ... ich bin nur noch dieses eine Mal hier. Wenn Ihr nicht mit mir geht, werden wir uns niemals mehr wiedersehen.“

Ich hatte das Gefühl, mein Herz würde stehen bleiben.

„Niemals mehr wiedersehen?“, flüsterte ich fassungslos.

Er nickte und sah mich dabei traurig an.

„Niemals mehr ...“

Ich packte das Buch, schlug es auf und dann sah ich genau das, was ich vorhin schon entdeckt hatte: Es gab keine beschriebenen Seiten mehr. Nur eine Lücke, die zeigte, dass jemand etwas herausgerissen hatte.

Ich hatte das Gefühl, mein Herz würde stehen bleiben.

„Aber was ist mit meinem Laden? Mit Tante Klaras Laden? Was mit meiner Wohnung? Meinen Sachen? Und Ines? Meine beste Freundin. Ich kann doch nicht einfach gehen!"

Den letzten Satz hatte ich geschrien.

Ich blickte zur Uhr.

22.20 Uhr!

„Rufus!", schrie ich. „Das könnt Ihr doch nicht machen. Wieso ... wieso habt Ihr mir das nicht früher gesagt?"

„Was hätte es geändert?", fragte er ganz ruhig und sah mir fest in die Augen.

„Nichts ...", flüsterte ich. „Nichts!"

Ich war auf dieser Welt noch nie zu Hause gewesen, hatte immer das Gefühl gehabt, am falschen Ort zur falschen Zeit zu sein.

„Ihr müsst mir vertrauen, Nelli. Hört Ihr? Ihr müsst ..."

War seine Stimme schon leiser geworden?

Mein Herz klopfte zum Zerspringen.

Schnell nahm ich seine Hände.

„Ja, ich vertraue Euch! Ich vertraue! Ich ver...trau...e!"

Atemberaubend

„Das Schönste, was wir erleben können, ist das Geheimnisvolle.“

Albert Einstein

Das Erste, was ich wahrnahm, war das Plätschern eines Baches, Vogelgezwitscher und das Summen von Bienen. Ich schlug die Augen auf und sah, dass ich auf einer kleinen Lichtung im Gras lag. Über mir war ein Dach aus grünen Blättern, durch deren Äste die Sonne warm auf mich herabschien.

Als ich meinen Kopf hob, sah ich den Turm, der schon ein wenig eingefallen war. Um mich herum schwirrten große Schmetterlinge und die Luft war so rein und klar, dass ich zuerst einmal tief ein- und ausatmete.

Was für ein zauberhafter Ort!

Wie im Märchen!

Ich setzte mich auf und sah mich suchend um.

Wo ist der Prinz?

Obwohl ich ganz allein an diesem Ort, in dieser fremden Welt war, hatte ich dennoch nicht einmal einen Hauch von Angst. Es war, als wäre ich nach einer langen und beschwerlichen Reise endlich zu Hause angekommen.

Ich spürte, wie alle Last von mir abfiel und ich

mich leicht und frei und heiter fühlte.

Ich erhob mich und lief zu dem Turm hin. Eine Wendeltreppe aus Stein führte nach oben.

„Rufus?“, rief ich.

Meine Stimme hallte wieder, aber ich bekam keine Antwort.

„Ru-fus!“

Nichts.

Ich stieg die Stufen hinauf. Oben angekommen stieß ich auf eine Tür aus massivem Holz. Ich klopfte. Niemand antwortete. Da drückte ich vorsichtig die Klinke hinunter und schob die Tür auf.

„Hallo?“, fragte ich. „Ist da jemand? Rufus?“

Mein Herz klopfte schneller. Aber außer der freudigen Erwartung, was ich in dem Raum entdecken würde, war da nichts. Keine Angst, keine Befürchtungen. Nichts Negatives. Nur Vorfreude auf eine Überraschung, von der ich keine Ahnung hatte, was es sein könnte.

Die Fensteröffnungen des Raumes waren mit einem groben Wollstoff abgedeckt. Es dauerte einen Moment, bis meine Augen sich an das Halbdunkel gewöhnt hatten und ich etwas sehen konnte.

Da entdeckte ich ein dunkles Holzbett mit einem Himmel. Die halbdurchsichtigen Stoffbahnen waren zugezogen. Trotzdem konnte ich erkennen, dass dort jemand lag.

„Rufus?“, flüsterte ich, um ihn nicht aufzuwecken.

Ich ging hin zu dem Bett und mein Herz schlug

mir bis zum Hals, als ich ganz vorsichtig eine Stoffbahn zur Seite schob.

Da sah ich sie. Auf dem Bett lag ein Mädchen. Ihre Haare waren lang und haselnussbraun. Ihre geschlossenen Augen hatten seidige Wimpern. Ihren Mund zierte ein zufriedenes Lächeln.

Dieses Mädchen kam mir sehr, sehr bekannt vor.

Ich starrte sie an, um mich daran zu erinnern, wo ich sie schon einmal gesehen hatte.

Und plötzlich wurde es mir bewusst.

Dieses Mädchen sah genauso aus wie ich!

Ich starrte sie noch immer an. Am liebsten hätte ich sie am Arm berührt, um sie zu wecken und zu fragen, wer sie sei.

Aber ich traute mich nicht.

Da hörte ich auf einmal eine weibliche Stimme hinter mir.

„Nein!", sagte sie. „Tu das nicht! Sprich sie unter keinen Umständen an und berühr sie auch nicht."

Ich fuhr herum und als ich sah, wer da stand, glaubte ich, mein Herz bliebe stehen.

Die Frau hatte lange, graue Haare, die sie zu einem Dutt hochgesteckt trug. Ihre Haut war faltig. Sie musste um die achtzig Jahre alt sein. Ihr Blick aus smaragdgrünen Augen sprühte, als sie mich betrachtete, und dann breitete sie weit ihre Arme aus und lachte mich an.

Ich ließ mich in ihre Arme fallen und als sie mich fest an sich drückte, liefen mir Tränen über das Gesicht.

„Meine kleine Nelli!“, flüsterte sie. „Endlich bist du zu Hause.“

„Bin ich gestorben, Tante?“, fragte ich. „Sind wir hier im Himmel?“

„Nein, mein Kind. Du bist an dem Ort, an dem ein Teil von dir seit über achtzehn Jahren liegt und darauf wartet, endlich wieder eins mit dir zu werden.“

Ich sah sie fassungslos an.

„Was passiert hier? Du ... du warst doch tot. Ich verstehe das alles nicht. Und wo ist Prinz Rufus?“

„Komm mit mir, ich werde es dir erklären“, sagte sie und zog mich aus dem Zimmer.

Sie führte mich in die Kammer, die neben derjenigen war, in der mein anderes Ich lag und schlief. Hier war es hell, warm und freundlich, denn es gab Möbel und Teppiche, die den Raum sehr gemütlich machten. Neben dem Sofa stand ein riesiger Vogelbauer mit einem prachtvollen Papagei.

Als wir den Raum betraten, begann er, aufgeregt von einem Bein auf das andere zu hüpfen.

„Prinzessin! Prinzessin!“, krächzte er.

„Setz dich hier in den Schaukelstuhl“, sagte

Tante Klara. „Möchtest du einen Tee oder lieber ein kühles Wasser aus dem Brunnen?“

„Einen Tee bitte.“

Sie ging zu dem gusseisernen Ofen, nahm eine Kanne und schenkte zwei Becher voll.

„Das ist Melissentee. Der wird deine Nerven beruhigen“, sagte sie, als sie ihn mir reichte.

Erstaunlicherweise war ich überhaupt nicht aufgeregt. Aber neugierig war ich. Zum Platzen neugierig.

„Pass auf, was ich dir erzähle, meine kleine Nelli. Es ist die Geschichte deines Lebens.“

Ich nickte heftig. Ja, ich würde aufpassen.

„Als deine liebe Mutter bei deiner Geburt starb, war dein Vater so voller Kummer, dass er es nicht ertragen konnte, in dein Gesichtchen zu schauen, das ihrem so sehr gleicht. Das weißt du ja schon, da du das Märchen gelesen hast.“

Ja, das wusste ich, wenn ich beim Lesen auch nie so ganz bei der Sache war. Bis auf das erste Kapitel. Damals wusste ich ja noch nicht, dass gleich der Prinz aus dem Märchen vor mir stehen würde.

„Dein Vater hat kurz darauf eine kaltherzige Frau an seine Seite genommen, denn er wollte keine Gefühle mehr spüren. Dann wurde auch die zweite Frau schwanger. Weil sie sehr machthungrig war, wollte sie unbedingt, dass ihre Tochter die Schwiegertochter des mächtigen Königs aus dem Nachbarreich würde. Da ihr etwas anderes vorausgesagt worden war, hat sie dich in den Turm gebracht, um dich aus dem Weg zu schaffen. Aber das Schicksal kann man nicht überlisten! Zum Glück habe ich davon erfahren und sie hier erwartet. Damit sie dir keinen weiteren Schaden zufügen kann, habe ich einen starken Trunk gebraut, der dich auf die Erde befördert hat. Weil du dort nicht alleine sein konntest, bin ich mit dir mitgereist. Du musst wissen, dass ich eine sehr machtvolle Hexe bin und zwischen den Welten wandeln kann."

„Ja, aber warum hast du die böse Königin nicht bekämpft?"

„Weil dein Schicksal sich erfüllen musste und das durfte unter keinen Umständen gefährdet werden", sprach sie.

„Bist du dann auch die Frau, die bei dem Prinzen erschienen ist?", fragte ich.

„Ja, die bin ich. Er ist der dir von den Sternen vorherbestimmte Gemahl und er wird deine große Liebe sein."

Wehmütig legte ich meine Hand aufs Herz.

„Ich hatte erwartet, mit ihm zusammen hier ..."

„Pscht! Schweige, Kind. Es wird sich noch alles fügen, sofern du beherzigst, was ich dir sage und deine letzte Aufgabe erfüllst."

Meine letzte Aufgabe? Was meint sie damit?

Doch ich fragte nicht, um sie nicht zu unterbrechen.

„Ich konnte nicht gleichzeitig hier bei dir im Turm

und dort in der anderen Welt sein. Also habe ich jemanden beauftragt, über das Mädchen im Nebenzimmer zu wachen. Manchmal kam ich des nachts, um nach dem Rechten zu sehen. Als ich merkte, dass die Frau, die auf dich aufpasste, nicht gänzlich loyal ist, denn ihr war Geld wichtiger als alles andere, habe ich meinen Tod vorgetäuscht und bin ganz hierhergekommen. Aber ich habe den Prinzen zu dir geschickt, damit er dir helfen konnte, die Schwierigkeiten, in die du geraten warst, zu beseitigen."

„Ich hatte dich so vermisst, Tante ..."

„Ich weiß, mein Kind. Da ihr beide – also du und der Prinz – alle bisherigen Prüfungen gemeistert habt und du daran gewachsen bist, ist es an der Zeit, dass du hierherkommst, an den Ort, an den du tatsächlich gehörst. Du bist die wirkliche Prinzessin dieses Reiches und du wirst später die Königin über dieses und das Reich deines Prinzen sein."

Weil das außerhalb meiner Vorstellungskraft lag, schob ich den letzten Satz beiseite. Mir darüber Gedanken zu machen, würde auch noch später reichen.

„Was ist mit meinem Vater?", fragte ich hoffnungsvoll. „Ist er am Leben?"

Meine Tante nickte.

„Ja. Und er erfreut sich bester Gesundheit. Du wirst ihm bald gegenüberstehen und auch er wird dich in seine Arme schließen. Er hat seine damalige

Entscheidung, dich nicht sehen zu wollen, bitter bereut."

„Und meine ... meine Stiefmutter? Was ist mit ihr?"

„Sie hat deinem Vater vorgemacht, dass du verstorben seist. Deshalb wird sie hier in diesen Turm einziehen, sobald du mit deinem zweiten Ich verschmolzen bist, und ich werde einen Bannspruch auf den Turm legen, damit sie ihn nie mehr wieder verlassen kann. In den Jahren hat sie sich viel zuschulden kommen lassen. Sie hat es verdient!"

Ich schluckte. Wenn man meine Tante ärgerte, schien nicht gut Kirschen essen mit ihr zu sein.

„Und meine Schwester?", fragte ich.

Ich hatte das arrogante Mädchen mit den blonden Locken und blauen Augen ja bereits kennengelernt.

„Eine weitere Sünde deiner Stiefmutter. Sofie ist ein Kuckuckskind, das sie deinem Vater ins Nest gelegt hat. Du bist sein einziges Kind."

„Ach, Tante", sagt ich. „Das ist alles so viel. Mir schwirrt der Kopf. Ist dieses Märchen dann also mein Leben?"

Obwohl es offensichtlich so war, konnte ich es gar nicht glauben.

„Genauso ist es, mein Kind. Deshalb hast du das Buch auch erst zu dem Zeitpunkt gefunden, der für dich der richtige war."

„Und Rufus?", fragte ich noch einmal mit leiser

Stimme.

„Rufus ist der für dich bestimmte Mann. Er ist wunderbar!“, lächelte sie. „Und bald wirst du in seinen Armen liegen und dann wirst du mit ihm vermählt werden.“

Meine Tante hatte mir eine Pause gegönnt, damit ich alles, was sie mir erzählt hatte, verdauen konnte. Ich war ein wenig spazieren gegangen und hatte die wunderschöne Landschaft mit den Hügeln, den Feldern und Wäldern genossen. Hier also gehörte ich her.

Ich konnte noch gar nicht fassen, was mir heute alles passiert war. Und ich sehnte mich nach Rufus ...

Als ich zurück zum Turm kam, fühlte ich mich ruhiger, wenn es auch seltsam war, dass ich so schnell von der einen in die andere Welt wechseln sollte.

Meine Tante erwartete mich bereits.

„Deine letzte Aufgabe wird sein, alles in der Welt, in die du für kurze Zeit zurückkehren wirst, auf eine gute Weise zu regeln. Sobald du das getan hast, wirst du wieder hierhergeholt. Es liegt an dir, wie lange es dauern wird. Aber ich bin zuversichtlich, dich ganz bald wiederzusehen. Denn du hast dich zu einer mutigen und klugen jungen Frau entwickelt. Ich bin sehr stolz auf dich. Nimm jetzt die letzten Seiten aus dem Buch, sie werden dir helfen. Und dann komm rasch zurück in deine Heimat!“

„Warte, Tante! Werde ich denn nie mehr wieder in den Buchladen zurückkehren können? Werde ich nie mehr meine Freundin sehen?“

„Auch du hast die Fähigkeit, zwischen den Welten zu wandeln. Aber es wird dir nur dreimal vergönnt sein. Richte deiner Freundin aus, sie soll diesen Satz ebenfalls dreimal sagen, sobald sie dich zu sehen wünscht: „Herzensfreundin, komm zu mir.“

„Kann ich irgendetwas mitnehmen?“

„Nur die Sachen, die du trägst.“

„Die Steine, deinen alten Schmuck?“, fragte ich hoffnungsvoll.

„Du wirst hier alles haben, was du brauchst und noch sehr viel mehr!“

Kaum hatte sie das ausgesprochen, drehte sich alles um mich herum. Es war, als würde ein Wind mich ergreifen und an einen anderen Ort wehen ...

Als ich wieder meine Augen öffnete, saß ich auf dem gemütlichen Sofa in meiner Wohnung. Das Licht brannte noch und so sah ich sogleich auf die Seiten in meiner Hand. Aber ich traute mich nicht, das Ende des Märchens zu lesen, bevor ich nicht meine Aufgabe erfüllt hatte. Ich wusste, dass Rufus nicht mehr kommen konnte, um mich zu holen. Jetzt war ich selbst dafür verantwortlich, zurück in meine wahre Heimat zu finden.

Ich lag im Bett, aber der Schlaf wollte nicht kommen, denn in meinem Kopf ging es rund. Immer wieder spielte ich gedanklich das Erlebnis mit Rufus durch und dann das, was mir im Märchenland passiert war. Im Märchenland, meiner tatsächlichen Heimat.

Es war unfassbar!

Hatte ich alles nur geträumt? Oder war mir das wirklich geschehen?

Der einzige Beweis, den ich hatte, war meine Erinnerung, die auch nach dem xten Male, die ich sie mir ins Gedächtnis rief, nicht verblasste. Wäre es ein Traum gewesen, wäre die Erinnerung längst weg.

Und dann waren da natürlich noch die letzten Seiten aus dem Märchen. Ich musste mich wirklich sehr zusammenreißen, sie nicht einfach zu lesen. Doch die Angst, dass ich mir damit den Rückweg verbaute, war zu groß.

Ich seufzte. Kaum war ich wieder hier in meiner alten Welt, fingen die Probleme an. Das, was ich zu erledigen hatte, wog mir schwer auf der Schulter, denn ich wusste gar nicht, was es alles war und wie ich es lösen sollte.

Jetzt mach keine große Sache daraus. Verkauf das Haus, verkauf den Laden, verabschiede dich von deiner Freundin.

Ich schnaubte.

Oh doch! Es *war* eine große Sache.

Wem sollte ich das alles verkaufen? Ich hatte gerade erst den Nachbarn zugesagt, *ihre* Häuser zu übernehmen. Was passierte jetzt damit? Ich konnte mein Versprechen nicht brechen. Und dass Tante Klara wollen könnte, dass der Laden in fremde Hände geriet?

Sie ist eine Hexe, sie lebt in einem Märchen, warum sollte sie an dem Laden hängen?

Ja, jetzt war alles anders als noch vor ein paar Stunden. Und ich musste das Chaos in meinem Inneren sortieren.

Ich schloss die Augen und versuchte, einzuschlafen. Der letzte Gedanke, der mir durch den Kopf ging war: *Du wirst das Geld doch gar nicht mitnehmen können.*

Mein allerletzter aber galt Rufus ...

Es war so wunderschön, was ich gestern Abend erlebt hatte und so grässlich, was mir jetzt bevorstand. Warum konnte ich nicht einfach zum Telefon greifen und mal schnell meine Tante anrufen, um sie zu fragen, welcher Weg der richtige war.

Als ich am Morgen aufgewacht war, schoss mir sofort der Gedanke durch den Kopf, dass ich heute nicht im Laden arbeiten konnte.

Es gab so viel zu bedenken und zu erledigen.

„Ines kannst du mir noch mal aushelfen? Wenn möglich, den ganzen Tag?“

Sie war es ja gewohnt, ein- bis zweimal in der Woche bei mir einzuspringen. Bisher war ihre einzige Bezahlung ein ordentlicher Nachlass auf die Bücher gewesen, die sie bei mir einkaufte.

„Juhu!“, rief sie. „Ich hatte sowieso keine Lust auf die doofe Uni. Ich komm gleich, ja?“

Ich ging ins Bad und als ich unter der Dusche stand, fiel es mir wie Schuppen von den Augen.

Warum schenke ich meinen Laden nicht meiner Freundin?

Gab es eine würdigere Nachfolgerin als sie? Kannte ich jemanden, der Bücher fast noch mehr liebte als ich? War sie nicht immer bereitwillig eingesprungen, wenn ich sie brauchte? Auch ohne Bezahlung?

Ich zitterte vor Aufregung, als ich daran dachte, dass ich soeben meine erste Entscheidung getroffen hatte: Ines bekam den Bücherladen und am besten gleich das ganze Haus!

Ich atmete tief durch. Dadurch war mir eine große Last von den Schultern genommen. Aber im selben Moment traf mich ein Gefühl von Verlust, als hätte jemand eine Breitseite auf mich abgefeuert.

Du wirst alles verlieren, was dein bisheriges Leben ausgemacht hat!

War die ganze letzte Woche nicht doch nur ein

Traum gewesen? Oder war ich vielleicht krank und träumte im Fieberwahn?

Aber nein. Ich stand fest auf dem alten Holzboden meiner Wohnung und war bei klarem Verstand.

Ich zog mich an und dann wählte ich die Nummer von Simon.

„Sag mal, Simon: Du bist doch auch Notar. Kannst du mir einen Termin geben? Am liebsten noch heute Vormittag? Es ist wirklich sehr eilig."

Er schnaubte.

„Warte bitte kurz", sagte er.

Ich hörte, wie er auf die Tastatur seines Computers einhämmerte.

„Ich bin voll bis oben hin. Aber gut, weil du die Freundin von Ines bist: Komm in der Mittagspause vorbei. Am besten um zwölf."

Ich bedankte mich und legte auf.

„Weil du die Freundin von Ines bist?"

Hatte ich da etwas nicht mitbekommen?

„Gefällt dir eigentlich Simon?", fragte ich meine Freundin, als sie kurz vor neun Uhr erschien.

Ines lief rot an.

„Es ... es hat sich einfach so ergeben", stotterte sie. „Nachdem du gesagt hast, dass du ihn nur nett findest, dachte ich ..."

Zufrieden lächelnd nahm ich sie in die Arme.

„Ich freue mich für dich, mein Schatz! Ihr zwei passt sicher sehr gut zusammen. Und jetzt erzähl mir, wie alles gekommen ist."

Mit diesen Worten drückte ich ihr eine Tasse mit Tee in die Hand und zeigte auf das Sofa, das bald ihr gehören würde.

„Ach, weißt du ... Eigentlich hat er mir schon an dem Abend gefallen, als er auf unserer Party war. Ich hatte mich ja länger mit ihm unterhalten, nachdem du gegangen warst. Aber ich wusste nicht, ob du Interesse hast und außerdem hatte er nach *deiner* Telefonnummer gefragt, nicht nach meiner."

Ich erinnerte mich an ihren frühmorgendlichen Anruf.

„Und dann?"

„Nachdem du am Samstag so fluchtartig das Café verlassen hattest, hat er gesagt, dass er dich nett findet."

„Das ist an sich ja nichts Schlimmes."

„Ist es nicht. Aber ich dachte, er wäre auf mehr aus, dabei wollte er nur noch ein wenig über euer Lieblingsthema Märchen plaudern. Er hat gemeint, es sei so schwer, einen Menschen zu finden, der sich dafür interessiert und deshalb hatte er das Gespräch so genossen."

Ich lachte.

„Genau das hatte ich von ihm auch gedacht."

„Und als er dich am Sonntag angerufen hat ...

nun ja ... Er wollte dich ein wenig über mich ausfragen, weil er mich als reserviert wahrgenommen hatte. Mich! Als reserviert!“

„Warst du doch auch, da du ja glaubtest, er könnte sich für *mich* interessieren.“

„Ja, genau. Aber gestern Abend haben wir uns getroffen. Sozusagen zufällig, weil wir mit gemeinsamen Freunden aus waren.“

Ihre Augen leuchteten, als sie das sagte.

„Und nun sind wir – vielleicht – ein Paar.“

„Vielleicht?“

„Ich will nichts überstürzen. Es ist ja noch nicht so viel passiert. Nur ein paar Küsse und so.“

Von „nur ein paar Küsse“ konnte ich im Moment nur träumen.

„Bist du glücklich?“, fragte ich, obwohl das offensichtlich war.

„Und wie!“, jubelte sie. „Er ist so ein wunderbarer Mensch.“

Plötzlich rutschten ihre Mundwinkel wieder nach unten.

„Du bist jetzt aber nicht eifersüchtig?“

Ich lachte.

„Nein. Ich habe dir auch etwas zu sagen. Das ist jedoch eine längere Sache. Und, Ines ... Ich müsste es dir so schnell wie möglich erzählen. Am liebsten noch heute. Geht das? Oder bist du mit Simon verabredet?“

„Sag bloß, du hast jemanden kennengelernt?“,

fragte sie staunend. „Das glaube ich jetzt aber nicht. Ist doch klar, dass ich mir Zeit für dich nehme. Simon kann ich auch noch morgen treffen.“

Mir fiel wieder ein Brocken von der Schulter. Ich fürchtete mich zwar vor dem Gespräch mit ihr, weil sie mich für verrückt halten würde, aber ich musste es so schnell wie möglich hinter mich bringen, denn ich starb fast vor Sehnsucht nach Rufus, der mir gestern so nah gewesen und danach verschwunden war.

„Wer ist es?“, fragte sie. „Wo hast du ihn kennengelernt? Bist du verliebt? Ich will alles wissen!“

„Später“, sagte ich und ging zur Ladentür, um sie aufzuschließen, weil bereits eine Kundin davorstand und an die Scheibe klopfte.

„Ich kann dich nur beraten“, sagte Simon. „Weil ich bereits als Anwalt für dich tätig bin, müsstest du dir einen anderen Notar suchen.“

„Nein!“

Ich starrte ihn entsetzt an. Dann würde das Ganze sich ja ewig hinziehen. Bis ich einen Termin hatte, der Vertrag aufgesetzt war und wir unterschreiben konnten.

„Das ist vom Gesetzgeber so geregelt“, fügte er hinzu.

Ich stöhnte gequält auf.

„Das geht nicht. Die Angelegenheit muss innerhalb weniger Tage über die Bühne gehen."

Mein Tonfall klang so bestimmend, dass ich fast nicht glauben konnte, dass die Worte aus meinem Mund gekommen waren.

„Dann erzähl mir doch am besten, worum es geht, damit wir eine Lösung finden können", antwortete Simon freundlich lächelnd.

„Ich will Ines alles überschreiben, was ich besitze!", sagte ich mit fester Stimme.

Jetzt starrte *er* mich entsetzt an.

„Was? Aber warum denn? Bist du krank? Hast du keine Angehörigen?"

Einen Moment lang spielte ich mit dem Gedanken, ihm die Wahrheit zu erzählen. Er war Märchenfan. Wenn jemand meine Geschichte auch nur ansatzweise nachvollziehen konnte, dann er. Aber andererseits ... Er war ein Fremder. Und er würde mir sicher kein Wort glauben. Mein Erlebnis war einfach zu verrückt!

„So ähnlich. Ich will das jetzt nicht weiter ausbreiten, denn ich muss über meine Beweggründe zuerst einmal mit Ines sprechen."

Und dann erzählte ich ihm von meinen Vorhaben.

Das Leben ist ein Märchen

Das Leben ist ein Märchen, dessen Ende du selbst schreibst.

„Ich bin in Wirklichkeit die Prinzessin aus einem Märchen“, begann ich das Gespräch mit Ines.

Sie lachte.

Als ich nicht mit einstimmte, riss sie die Augen auf.

„Das ist jetzt aber nicht dein Ernst!“

Nachdem ich ihr alles erzählt hatte, weinte sie.

„Bist du in letzter Zeit auf den Kopf gefallen oder hast ihn irgendwie fest angeschlagen?“, schluchzte sie.

Ich nahm ihre Hand und hielt sie fest.

„Nein, Ines. Das bin ich nicht und habe ich nicht. Alles, was ich dir erzähle, ist tatsächlich passiert.“

„Kann dein Prinz nicht mal vorbeikommen und sich vorstellen?“

„Das wird leider nicht möglich sein.“

Sie zog ihre Hand weg.

„Aber warum? Du ... ich ... Nein, ich kann dir das alles nicht glauben.“

Ich sah sie betrübt an. Ihre Reaktion war so, wie ich erwartet hatte, und ich konnte ihr nicht verübeln, dass sie an meinen Worten zweifelte.

„Soll ich mit dir zum Arzt gehen?“, fragte sie besorgt.

„Nein, Ines! Ich verstehe, dass du durcheinander bist. Das war ich auch. Aber du wirst das, was ich dir erzählt habe, glauben müssen, denn es ist die Wahrheit.“

„Mal gesetzt den Fall, es stimmt tatsächlich, was du sagst ... Dann ist das ja, als wenn du sterben würdest!“

Wieder schluchzte sie und schon liefen auch bei mir die Tränen.

Ich hatte Sehnsucht nach dieser anderen Welt, die sich wie Heimat anfühlte, nach meiner Tante, die auferstanden war, danach, endlich meinen Vater kennenzulernen und vor allem anderen hatte ich so ein starkes Verlangen nach Rufus, meinem geliebten Prinzen, dass es wehtat.

Und dennoch ... Wenn ich mir vorstellte, einfach so von diesem Ort, an dem ich über achtzehn Jahre gelebt hatte, wegzugehen, wurde mein Herz schwer.

Ich hatte mich in dieser Welt immer fremd und fehl am Platz gefühlt, aber meine Wohnung und die Buchhandlung liebte ich.

„Komm her, Prinzessin“, sagte Ines und nahm mich in die Arme.

Schluchzend saßen wir eine Weile nebeneinander, bis es mir wieder einfiel.

„Ich bin zwar weg, aber du kannst mich zu dir

rufen.“

Ruckartig hob sie ihren Kopf und rückte ein Stück von mir ab.

„Wieso sagst du das nicht gleich?“, jubelte sie.

„Es geht nur insgesamt dreimal, hat meine Tante gesagt.“

„Ach, so!“

Schon wieder traten Tränen in ihre Augen.

„Pass auf, wenn du mich rufen willst, musst du dreimal sagen: ‚Herzensfreundin, komm zu mir.‘ Dann werde ich bei dir erscheinen.“

„Ach, du ...“, antwortete sie nur und in diesen beiden Wörtern lag ihr ganzer Schmerz.

„Du hast jetzt Simon“, versuchte ich, sie zu trösten.

„Aber das ist doch etwas komplett anderes. Ein Mann ist ein Mann und eine Freundin ist eine Freundin.“

Ja, da hatte sie recht.

„Und du kriegst den Buchladen. Das Haus. Die beiden Häuser links und rechts. Einfach alles, was mir gehört. Denn ich kann außer meinen Kleidern nichts mitnehmen, hat Tante Klara gesagt.“

„Das geht doch nicht!“, protestierte Ines. „Das kann ich nicht annehmen.“

„Wem sollte ich es sonst geben, wenn nicht dir?“

„Und falls du dir das alles doch nur eingebildet hast?“

„Dann bleibe ich hier und wir teilen uns alles.“

„Ach, Mensch ...“

„Ines ... Ich habe einen Wunsch an dich: Bitte sorge mit dem Geld und dem Eigentum dafür, dass in unserer Straße die Dinge so bleiben wie sie sind. Die kleinen Läden, die Vielfalt, die Individualität. Keiner dieser Riesen, die doch nur alles an sich reißen und die Kleinen kaputt machen wollen, soll hier eine Chance bekommen. Verspricht du mir das?“

„Ja, ich verspreche es!“

Je mehr Tage verstrichen, desto unwirklicher fühlten sich meine Erlebnisse an. Ich dachte immer häufiger, alles sei nur ein wunderschöner Traum gewesen und hatte Angst, dass es ein Fehler war, das, was mein bisheriges Leben ausgemacht hatte, einfach herzuschenken und am Ende ohne etwas dazustehen.

Es verging kein Tag, an dem Ines mich nicht fragte, ob ich mir wirklich mit allem sicher sei und wenn ich nickte, sagte sie jedes Mal denselben Satz: „Wir können es jederzeit rückgängig machen.“

Ich schüttelte dann den Kopf. Am Anfang vehement, im Laufe der Tage immer weniger.

Stundenlang verlor ich mich in Erinnerungen, wenn ich meine Schrankfächer und Schubladen durchsuchte, um zu sehen, was ich alles hatte und was ich verlieren würde. Es war selbstquälerisch.

Doch ich konnte nicht anders.

Jeden Abend las ich in dem Märchenbuch und immer bis zu den Stellen, an denen jeweils der Prinz erschienen war. Aber er kam nicht mehr. Es war, als hätte es ihn nie gegeben.

An diesen Abenden vergoss ich viele Tränen der Sehnsucht nach ihm und mit der Angst, ich könnte mir alles doch nur eingebildet haben.

Weihnachten kam und ging. Ich hatte die Feiertage mit Ines und ihrer Familie verbracht, bei denen ich schon als kleines Kind willkommen gewesen war. Zum Glück hatte meine Freundin noch nichts von unseren Plänen verraten und so konnte ich einigermaßen unbeschwert die Einladungen genießen.

Dann kam der 30. Dezember. Simon hatte mir bei allem geholfen und zu guter Letzt dafür gesorgt, dass ein Notar, mit dem er eng befreundet war, sich der Sache annahm und sie vorantrieb.

Nun saßen wir in dessen Kanzlei. Ines links von mir und Simon rechts. Ich hatte Simon die Geschichte auch erzählen müssen, denn wie hätte ich ihm sonst klarmachen können, warum ich alles hergab. Er war ja kein Fremder mehr. Er war Ines Liebster.

Seine Reaktion war ähnlich wie die meiner Freundin gewesen und als er merkte, dass ich gegen seine Einwände immun war, hatte er dasselbe gesagt wie sie: „Wir können es jederzeit rückgängig machen."

Das war der Satz, den auch Ines flüsterte, bevor sie ihre Unterschrift unter den Vertrag setzte.

Meine Hand zitterte, als ich den Stift nahm, und ich spürte den fragenden Blick von Simons Freund. Aber ich ignorierte ihn. Es war Sache der beiden, ob sie ihm etwas über die Beweggründe der verrückten Buchhändlerin erzählen wollten. Das brauchte mich nicht mehr zu interessieren, denn ich würde mich morgen Abend kurz vor Mitternacht von dieser Welt verabschieden.

„Wie soll ich deinen Kundinnen erklären, dass du nicht mehr kommst?", schluchzte Ines. „Die hängen doch alle an dir!"

„Ich schreibe einen Brief, dass ich eine Weltreise mache, und den klebst du an die Tür. Wenn eine gewisse Zeit verstrichen ist, sagst du ihnen, ich hätte einen Neuseeländer geheiratet und wäre dort drüben glücklich."

Da schluchzte sie noch mehr.

„Bitte, Ines-Schatz ... Mach es mir nicht schwerer, als es schon ist."

„Aber du gehst in ein schönes neues Leben und mich ... mich lässt du hier allein zurück."

„Jetzt hör mir mal gut zu, meine liebe Freundin: Ich lasse dich nicht allein zurück, denn du hast deine große Liebe gefunden. Außerdem hast du den schönsten Laden auf der ganzen Welt bekommen. Das ..."

Ich konnte nicht weitersprechen, denn nun schluchzte ich auch. Das war alles kein Ersatz für einen Menschen, den man liebte.

„Wir drücken uns jetzt ganz fest. Danach gehst du ohne ein weiteres Wort, ja? Du feierst schön Silvester und begrüßt das neue Jahr, wie es sich gehört, an der Seite deines Liebsten. Morgen früh kommst du hierher. Sollte ich noch hier sein, sprechen wir weiter. Aber sollte ich tatsächlich weg sein ..."

Ich schluchzte und schnäuzte mich, bevor ich weitersprechen konnte.

„Also: Sollte ich weg sein – womit ich ganz fest rechne – bin ich in meiner Heimat, dort, wo ich hingehöre, bei Menschen, die mich lieben, an der Seite meines geliebten Prinzen. Dann erwarte ich, dass du mich in guter Erinnerung behältst und wenn die Sehnsucht ganz groß ist oder es ein besonderes Ereignis zu feiern gibt, rufst du mich. Du weißt noch, wie?"

Meine Freundin nickte.

Und dann umarmten wir uns. Lange. Sehr, sehr lange ...

Ich war bereit. In meinem schönen Kleid, mit den Schmuckstücken der Tante – egal, ob sie mitgingen oder hierblieben, ich musste es zumindest versuchen – und dem Märchenbuch mit seinen restlichen Seiten saß ich auf meinem Sofa.

Meine Hände zitterten, ja, mein ganzer Körper bebte vor Erwartung. Ich konnte kaum klar denken, so aufgeregt war ich. Und ängstlich. Ängstlich war ich auch!

Das hier würde das Größte sein, das ich jemals erlebt hatte.

Und das ganz alleine ...

Ich atmete tief ein und aus, während ich die Sekundenzeiger der Uhr verfolgte.

Bald werde ich bei meinem geliebten Prinzen sein.

Hoffentlich! Bitte! Bitte! Bitte! Ich wünschte es mir doch so sehnlichst.

Ein Wunsch ändert nichts. Eine Absicht ändert die Welt, murmelte ich.

Meine Absicht war, in wenigen Minuten in meiner Heimat bei meinem Liebsten zu sein.

Der Sekundenzeiger war oben. Die Kirchenglocken schlugen zwölf. Soeben begann ein neues Jahr und ein neues Leben.

Ich las ...

Er musste lange reiten, bis er in einem Reich, sehr weit von dem seinen, ankam. Dort traf er auf ein wunderschönes Mädchen mit smaragdfarbenen Augen. Und er wusste sofort: Das ist das Fräulein, das wach ist!

Sodann kehrte er zurück zu dem Turm. Dieses Mal trat ihm niemand in den Weg, als er, immer zwei Stufen auf einmal nehmend, nach oben hastete. Ohne anzuklopfen, öffnete er die Tür zum Kämmerlein. Er sah das Bett und er sah, dass dort jemand lag. Rasch zog er den Vorhang beiseite.

Obwohl er ihre smaragdfarbenen Augen nicht sehen konnte, wusste er sofort: Das ist das Fräulein, das schläft!

Er wollte sich über sie beugen, um sie mit einem Kuss zu erwecken, denn er wusste, dass es sich um ein- und dasselbe Fräulein handelte.

Doch da war die alte Frau hinter ihm und rief: „Tut das nicht! Die Zeit ist noch nicht gekommen. Ihr habt euch ein paar Tage zu gedulden."

Der Prinz wollte sich von der alten Frau nicht abhalten lassen. Zu lange schon hatte er darauf gewartet, das Fräulein endlich zu herzen und zu küssen.

Da verwandelte die alte Frau ihn kurzerhand in einen prachtvollen Papagei, damit er ihre Pläne nicht durchkreuzen konnte.

Es sollten ein paar Tage vergehen, in denen der Prinz in seinem Vogelbauer saß und immer nur krächzte: „Prinzessin! Prinzessin!"

Dann endlich erbarmte sich die alte Frau und

sagte zu dem Papagei: „Die Zeit ist gekommen, dass zwei kluge und schöne Menschen herangereift sind. Nun werde ich mich nimmermehr in Euer Leben einmischen."

Sprach's und verwandelte den Papagei zurück in den Prinzen.

Der sah wutschnaubend auf die alte Frau hinab. Doch als sie ihr Haupt hob und er in ihre gütigen Augen schaute, wusste er, dass sie wohlgetan hatte. Da beugte er sein Knie und küsste dankbar ihre Hand.

Sie sprach: „Nun gehet, mein Prinz, und macht mein kleines Mädchen für alle Zeiten glücklich!"

Der Prinz ließ sich das nicht zweimal sagen. Er stürmte aus dem Zimmer und hinüber in die andere Kammer. Dort riss er den Vorhang beiseite. Da lag es, das wunderschöne Fräulein, das in Wirklichkeit eine Prinzessin war. Langsam setzte er sich auf das Bett und beugte sich über sie.

Dann küsste er sie und als sie ihre Augen aufschlug, blickte er in das schönste Smaragdgrün, das er jemals gesehen hatte und sein Herz schlug so heftig, dass er ihre Hand nehmen und auf seine Brust legen musste, auf dass sie es für alle Zeiten beschütze.

Und dann küsste er sie wieder.

Und wieder.

Und wieder.

Um mich herum drehte sich alles, ich wurde von einem Wirbel erfasst und durch die Dimensionen der Zeit getragen. Einen Wimpernschlag später lag ich auf dem Himmelbett. Ich spürte Lippen auf meinen und der Kuss war so süß und leidenschaftlich, dass ein Schauder durch meinen Körper lief.

Als ich die Augen öffnete, sah ich meinen wunderschönen Prinzen, der mich küsste. Es war ein Kuss, in dem zwei Prinzessinnen zu einer einzigen verschmolzen.

Da schlang ich meine Arme um ihn und seufzte und küsste ihn und hatte das Gefühl mit ihm auf einer Wolke zu schweben. Und auch er hielt mich jetzt fest, so fest, und unsere Herzen jubelten und wurden für alle Zeiten eins.

ENDE

Liebe Leserin, lieber Leser ...

ich hoffe, es ist für dich okay, wenn ich dich einfach duze? Immerhin haben wir ja einige Stunden Lesezeit miteinander verbracht.

Zuerst einmal will ich dir eine Frage beantworten, sofern du sie dir gestellt hast: Es ist Nelli tatsächlich gelungen, den Schmuck ihrer Tante mit hinüberzuretten! Ich habe das nicht erwähnt, um die romantische Schlussszene nicht kaputtzumachen.

Der Moment, in dem Nelli ihrem Vater gegenübersteht, ist übrigens auch sehr tränenreich. Der König war so glücklich, endlich seine Tochter im Arm zu halten, auch wenn sie tatsächlich wie seine verstorbene Gemahlin aussieht.

Nelli und der Prinz bekommen ziemlich schnell eine kleine Tochter, die sie Ines nennen. Zwei kleine Prinzen und eine weitere Prinzessin folgen später auch noch.

Die erste Gelegenheit, zu der Ines ihre Freundin ruft, ist die Hochzeit von ihr und Simon. Im Laufe der nächsten Jahre lässt Nelli sich von ihrer Tante darin unterrichten, wie man zwischen den Welten wandelt und so werden aus den drei Besuchen dann doch ein paar mehr.

Hat dir das Märchen gefallen, das Nelli in Abschnitten gelesen hat, um Rufus herzuholen? Wenn du es in einem Stück haben willst, schicke mir einfach eine Mail, dann bekommst du es von mir:

cleo_lavalle@yahoo.com. Übrigens verlose ich unter allen, die mir schreiben, eine Printausgabe.

Falls du Lust hast, immer auf dem Laufenden zu bleiben, und wenn du mit mir befreundet sein willst, hast du zwei Möglichkeiten:

1. du schickst mir eine Mail:

cleo_lavalle@yahoo.com

2. du schickst mir bei Facebook eine Freundschaftsanfrage.

Ich *liebe* es, mit meinen LeserInnen in Kontakt zu sein und es wäre toll, auch dich kennenzulernen. Magst du?

Na, was meinst du? Lesen wir uns bald wieder?

Ich freu mich darauf!

Deine Cleo

P.S.: Schau doch mal, welche Bücher ich sonst noch veröffentlich habe. Vielleicht ist noch eins dabei, das dir gefällt.

Bis bald!

Dank

Danke an meine lieben Testleserinnen! Jede von euch hat mir auf ihre Art und Weise geholfen: **Steffi Freyer, Claudia Lenger, Babsi Sczepan, Domi's Rezi's, Mone, Romina Weber, Ruth Pöß, Christine B.** und **Claudia Hödl**. Es ist schön, dass ihr meine Freundinnen seid!

Danke dir, lieber **Johannes Zum Winkel**. Plotten, schnell zur Hilfe eilen, lektorieren, werben ... Deine Hilfe ist echt vielseitig! Und: Es macht Spaß, mit dir zusammen zu planen und überhaupt ... **www.xtme.de**!

Danke auch an alle meine **Facebook-FreundInnen**. Ihr macht mein Leben bunter und schöner.

Und nicht zuletzt der wichtigste Dank gilt meinen lieben **Leserinnen** und **Leser**! Ohne euch gäbe es uns AutorInnen nicht.

Weitere Bücher der Autorin

Aller guten Männer sind 3

„Will ich Herrin eines Hundes oder Sklavin einer Katze sein?“

Das ist alles, was Marie zum Thema Dominanz weiß, als sie die Chance ihres Lebens bekommt. Gefangen in einer lieblosen Beziehung, schikaniert von ihrer Kollegin und verliebt in einen unerreichbaren Mann greift sie zu, obwohl sie weiß, dass sie heillos überfordert sein wird. Denn nicht nur die Welt der Doku-Soaps verlangt harte Bandagen. Auch als Möchtegern-Madame stolpert sie von einer Falle in die nächste.

Wird Marie es schaffen, den neuen Job zu packen? Und wer wird ihr Herz erobern? Der Big Boss: schön, aber nicht zu haben? Der Gentleman mit den seltsamen Vorlieben? Oder der geheimnisvolle Unbekannte, der sie mit seinen Worten verzaubert?

Ein frecher Liebesroman für neugierige Frauen mit Herz und Humor. Er entführt in eine Welt, in der manche Dinge anders sind als erwartet.

2 Männer sind auch keine Lösung

„Spatz oder Taube?" Dieser Frage muss sich Lilly stellen, als sie kurz hintereinander zwei Männer kennenlernt ... In der Werbeagentur ist Lilly das Arbeitstier, das vom Chef und der Kollegin getriezt wird. Bis Christof auftaucht und sich als Retter in der Not entpuppt. „Den sollte ich nehmen", denkt sie sich. Doch dann trifft sie auf den faszinierenden und unergründlichen Maxime de Plenier und die Achterbahnfahrt ihres Lebens beginnt ...

1 Mann macht noch keine Liebe

Sommer, Sonne, Strand und die große Liebe! Ariane glaubt, den Hauptgewinn gezogen zu haben, als sie dem Charmeur Bastian auf die Sonneninsel Mallorca folgt. Doch plötzlich ist alles anders, als es scheint. Eine Katastrophe folgt der nächsten. Dann muss sie auch noch um ihr Leben laufen.
Wird Ariane das Abenteuer heil überstehen und die Wahrheit erkennen? Und was hat es mit dem geheimnisvollen „Schatten" auf sich?

Küss mich, wenn es Liebe ist
Erfolg im Job ist alles, was für Alessa zählt und dafür opfert sie auch die Liebe. Doch welches Geheimnis steckt hinter der harten Fassade der Unternehmensberaterin? Was hat es mit dem immer bedrohlicher werdenden Traum auf sich, der sie fast jede Nacht heimsucht und unterdrückte Gefühle und Erinnerungen weckt?
Als ihr durchorganisiertes Workaholic-Leben ohne Vorwarnung auseinander bricht, flieht sie auf die Sonneninsel Mallorca. Dort trifft sie auf einen geheimnisvollen Fremden und das Karussell beginnt, sich zu drehen ...

5 Single Millionäre & ICH

Wenn aus einem Spiel plötzlich bitterer Ernst wird ... Was machen 5 junge Männer, die einen Riesendeal abgeschlossen haben und plötzlich Millionäre sind? Zuerst einmal die Welt bereisen und etwas erleben! Ihre Praktikantin Frederike soll die attraktiven Kerle begleiten. Doch was für andere Frauen ein Traum wäre, bereitet ihr regelrecht Panik. Trotzdem reist sie als ‚Mädchen für alles' mit. Bereits bei der ersten Station Las Vegas spielen die Gefühle verrückt. Und nicht nur die von Frederike ...
In Band 1 von 4 darf neben Frederike mit ihrer großen Liebesgeschichte auch er eine Hauptrolle spielen:
Wild, egoistisch, hemmungslos und unwiderstehlich ... Millionär Tim ist immer am Limit! Mit seinem Bad-Boy-Charme könnte er locker als Bruder von Channing Tatum durchgehen. Diesen Trumpf spielt er den Frauen gegenüber voll und ganz aus, wenn er sie sich nimmt, wie es ihm gefällt. Las Vegas ist sein Traumziel und gleichzeitig sein perfektes Spielfeld. Wird er durch sämtliche Betten toben oder gibt es eine, die ihn zähmen kann?

4 Single Millionäre & ICH

Wenn aus einem Flirt die ganz große Liebe wird ...
Nachdem sie die Spielerstadt Las Vegas fluchtartig verlassen mussten, landen die Millionäre und Frederike in der quirligen Metropole Barcelona. Obwohl sie unterwegs alles verloren hat, bleibt Frederike bei der Gruppe. Denn allmählich beginnt sie zu begreifen, wer sie wirklich ist. Und dann ist da ja auch noch die Liebe. Amor schießt wild um sich und einer der Pfeile trifft sie mitten ins Herz ...

In Band 2 von 4 darf neben Frederike mit ihrer großen Liebesgeschichte auch er eine Hauptrolle spielen: Superschlau, frech, ungeschickt und dennoch unwiderstehlich ... Millionär Flo! In Las Vegas ist er noch der Junge, der in seinen attraktiven Männerkörper hineinwachsen muss. Doch in der Stadt am Mittelmeer begegnet ihm die Liebe und durch sie geschieht ein Wunder nach dem anderen ...

3 Single Millionäre & ICH

Wenn aus einer harmlosen Hochzeit ein riesiger Skandal wird ...
Glitzernde Saris, schöne Menschen, Paläste wie aus 1001 Nacht ... Die Millionäre und Frederike landen im exotischen Mumbai, um eine farbenprächtige Märchenhochzeit zu feiern. Doch was tun, wenn es plötzlich eine andere gibt, an die man sein Herz verliert? Wird Sreeni ein Opfer bringen und die arrangierte Hochzeit durchziehen oder wird er die Regeln brechen und zu seiner Liebe stehen?
Frederike verwandelt sich in eine Prinzessin für eine Nacht ... Was wird John dazu sagen?
In Band 3 von 4 darf neben Frederike mit ihrer großen Liebesgeschichte auch er eine Hauptrolle spielen:
Fein geschnittene Gesichtszüge, seelenvolle Augen und unwiderstehlich ... Millionär Sreeni sieht aus wie der Star aus einem Bollywoodfilm. War er in Deutschland noch eher schüchtern, lernt man ihn in seinem Heimatland Indien von einer ganz anderen Seite kennen ...

2 Single Millionäre & ICH

Wenn eine Bootsfahrt mit Freunden als Kampf um Leben oder Tod endet ...
Die Millionäre und Frederike sind in Iquitos, der Großstadt mitten im geheimnisvollen Amazonas-Dschungel gelandet. Taranteln und giftige Schlangen sind nur harmlose Nebensächlichkeiten. Wirklich gefährlich wird es, als sie mit einem Motorboot den Dschungel erkunden. Es sollte ein Abenteuer für alle werden. Der Kampf um Leben oder Tod stand nicht auf dem Plan. Werden sie alle die Fahrt überleben?
Und Frederike ... Wird sie den Mann ihres Herzens kriegen oder für immer verlieren?
In Band 4 von 4 dürfen neben Frederike mit ihrer großen Liebesgeschichte auch sie eine Hauptrolle spielen:
Warme braune Augen und ein Lächeln, als würde die Sonne aufgehen: Millionär Julian ist sich gar nicht bewusst, wie anziehend er auf Frauen wirkt. Doch wird es ihm auch gelingen, am Ende die Richtige zu erobern?
Sehr groß, sehr breite Schultern, ein fester Blick aus blauen Augen und ein sexy Grübchen am Kinn ... Millionär John wird das Abenteuer seines Lebens durchstehen müssen. Welches Schicksal erwartet ihn am Ende?

Deadly Love - Deine Stimme in mir
Sexy, romantisch, nervenaufreibend!

Sie weiß nicht, worauf sie sich einlässt, als sie ihn trifft.
Er weiß nicht, dass sie sein Schicksal sein wird.
Die Begegnung mit einem Fremden im Darkroom, ein Mörder, der aus Frauenkörpern Kunstwerke macht und ein großes Geheimnis ... Als Caro ausgerechnet an ihrem Geburtstag von ihrem Freund versetzt wird, ahnt sie nicht, dass ihr Leben noch am selben Abend so durcheinandergewirbelt wird, dass sie es fast verliert.

Verliebt in einen Mistkerl

Als Dani mit ihrem Freund nach Mallorca fliegt, hofft sie auf etwas Goldenes für den Finger. Doch es kommt anders. Hat sie ihren schönen Anwalt gerade noch als glücklich machende Pille bezeichnet, werden die Nebenwirkungen immer heftiger.
Porsche oder Familienkutsche? Ist Model Dani nur ein Statussymbol oder die große Liebe? Für Alexander scheint die Entscheidung klar. Dummerweise bekommt er in der Bar del Sol Konkurrenz und ahnt nicht einmal etwas davon.
Chris, zwielichtiger Mistkerl, unverschämt zu Dani und trotzdem unerhört sexy. Wie ein Freibeuter nimmt er sich, was er will, und schert sich nicht um die Meinung anderer. In Dani sieht er ein zickiges Modepüppchen.
Als die drei aufeinander treffen, knallt es in alle Richtungen und nicht nur Danis Herz gerät in Gefahr.
Ein wunderschöner Liebesroman, spannend und gespickt mit Drama und Leidenschaft, der in traumhafter Kulisse zum Mitfiebern verführt.

Verrückt nach Mr. Impossible

Als Valerie auf die Sonneninsel Mallorca fliegt, hat sie nur eins im Kopf: Endlich Greg, ihren charmanten Chatpartner aus dem Singleforum, zu treffen. Doch ist dieser Mann, in den sie sich schon am Telefon verliebt hat, tatsächlich perfekt für sie?
Greg: Im Singleforum präsentiert er sich als Gentleman auf der Suche nach der großen Liebe.
Aber ist er wirklich der, den er vorgibt, zu sein? Oder hat er ein dunkles Geheimnis?
Dominique: Typen, die man im Internet kennenlernt, darf man nicht trauen! Sie beschließt, Valerie zu begleiten, um sie vor einer Dummheit zu bewahren. Doch wer passt auf, dass sie nicht einen großen Fehler begeht?
Adrian: Undurchschaubar, sexy und der beste Beweis dafür, dass man bei Internet-Bekanntschaften aufpassen muss. Warum taucht er ständig in Valeries Nähe auf?
Als die vier aufeinandertreffen, entsteht ein Feuerwerk, das ordentlich Funken sprüht, und es wird nicht nur für Valerie gefährlich.
Ein mitreißender Roman mit großen Gefühlen und atemberaubender Spannung.

Verführt von Mr. Secret

Eine hippe Strandbar auf Mallorca, fünf attraktive Kerle und jede Menge Gefühlschaos
Als Charlotte ihrem Freund den verdienten Tritt in den Allerwertesten verpasst, verliert sie Wohnung und Arbeit. Ihre Freundin schickt sie mit fünf männlichen Models zum Fotoshooting nach Mallorca. Die Sache hat nur einen Haken: Sie muss sich für etwas ausgeben, das sie nicht ist. Dummerweise macht ihr genau das einen Strich durch die Rechnung, als sie auf der Insel ihr Herz verliert. Und wenn sie glaubt, dass ihr Ex sie so einfach gehen lässt, hat sie sich auch getäuscht.
Doch was ist mit Mr. Secret los? Welches Spiel treibt er mit ihr?
Diese witzig-freche Liebeskomödie voller Irrungen und Wirrungen ist ein weiterer **abgeschlossener** Roman aus der Bar del Sol-Reihe.

Hier kommen meine Leserinnen zu Wort

Steffi Freyer: Meine beiden Weihnachtsengel Emily und Fiona - ich hab Euch ganz schrecklich doll lieb! Eure Mama

Ethel Eiden: Ein besonderer Gruß an den Bücherengel Valeska und den Nachwuchsengel Fiona von den immer dankbaren Bücherlesern aus NRW. Für meine Tochter Vanessa, die Bücher noch mehr liebt als ich: Möge immer Platz für ein wenig Märchen und Magie in deinem Leben sein.

Claudia Lenger: Die schönsten Geschenke kann man nicht in Geschenkpapier einpacken. Familie, Freunde, Liebe, Gesundheit, Lachen, glücklich sein. Liebe Cleo und liebe Steffi ... schön, dass es euch in meinem Leben gibt und ich euch zu meinen Freunden zählen darf.

Liliane Wennmacher: Das Schönste und Liebste auf der Welt ist mein Weihnachts-Engel Finny Ademes

Tanja Jani: Mein Luka sagt immer: Weißt du Mama, ich bin einfach wunderbar. Für meine Mutter Ilona: Ich kann das, was du für mich machst, mit Worten gar nicht beschreiben. Du bist die tollste Mama der Welt!

SuSi: Ich grüße meine liebe Familie, mit der Weihnachten einfach immer wundervoll ist. Zusammen sein und gemeinsam das Fest der Liebe feiern. Ich freue mich auch dieses Jahr wieder sehr auf Weihnachten ... Grüße auch meine zwei verrückten und lesebegeisterten Mädels, die ich ohne die Sucht zum Lesen nicht kennengelernt hätte: Nicole und Daniela.

Joana König: Merlina und Alissa, ich liebe euch,

meine Engel auf Erden, von ganzem Herzen. Eure Mami Joana

Mel Li: Für das Beste, was mir im Leben passiert ist: Leonie & Jonas

Yvonne Fritz: Du bist mein Lächeln, du bist mein Herzklopfen, du bist mein Kribbeln, du bist mein Licht in der Dunkelheit. Du bist mein Lieblingsmensch. Ich liebe Dich.

Ruth Pöß: Ich grüße ganz herzlich meine Nichte Annette, die ich leider viel zu selten sehe.

Nicole Nadine Schönberg: Ich wünsche Dir, liebe Cleo & und allen Lesern frohe Weihnachten. Und ein Riesendank an meine Mama und meinen Papa. Ich liebe euch. Nicole

Franziska Scheuermann: Freunde sind Engel, die uns auf die Beine helfen, wenn unsere Flügel vergessen haben, zu fliegen. Gewidmet meiner lieben Moni und meiner lieben Wenke. Danke, dass ihr beide immer für mich da seid, auch wenn uns hunderte Kilometer trennen. Hab euch lieb.

Christa Beelitz: Für mich das Wichtigste auf der Welt: meine beiden Enkel Sean und Connor. Nimm dir Zeit zum Träumen, es ist der Weg zu den Sternen. Eure Oma Christa

Carmi Steel: Je älter wir werden, desto kleiner werden die Wunschzettel. Denn die Dinge, die wir uns wirklich wünschen, kann man nicht kaufen.

Christine Merten: Die beste Entscheidung in meinem Leben war, Mama zu werden. Auch wenn es nicht immer einfach ist, möchte ich keine Sekunde missen. Ich liebe dich, Jenny.

Mina: Ich grüße ganz lieb meine Kinder und

meinen Mann, weil ihr immer für mich da seid. Ich liebe euch.

Kristina Maria Quoos: Der Mensch ist am wenigstens er selbst, solange er sein Gesicht zeigt. Gib ihm eine Maske und er wird dir die Wahrheit sagen. (Oscar Wilde)

Über die Autorin

Als ich 1996 meinen ersten Ratgeber veröffentlichte, hätte ich es mir nicht im Traum einfallen lassen, dass ich einmal auf inzwischen 30 Bücher zurückblicken kann. Denn als es in der Schule hieß: „Heute schreiben wir einen Aufsatz“, herrschte in meinem Kopf gähnende Leere.
Später, im Berufsleben – ich habe einen kaufmännischen Beruf gelernt – fiel es mir schwer, auch nur drei zusammenhängende Sätze zu formulieren.
Als ich mich dann als Kinesiologin, Coach und Lernberaterin selbständig gemacht habe, wollte ich ein Kartenset für Kinder mit Lernproblemen entwickeln. Wie schwer habe ich mich damit getan! Doch als Coach wusste ich, wo ich ansetzen muss und voilà: Auf einmal platzte der Knoten. Es war wie ein Wunder für mich!
Nun schreibe ich leicht und schnell und betrachte es als ein großes Glück, das tun zu dürfen, was ich schon immer tun wollte: Bücher schreiben und Menschen damit berühren.
Meine Ratgeber sind übrigens unter dem Namen erschienen, den mir meine Eltern gegeben haben: Helga Baureis.

Es war mir eine Ehre und Freude, dieses Buch für DICH zu schreiben ...

21840111R00117

Printed in Poland
by Amazon Fulfillment
Poland Sp. z o.o., Wrocław